JN239599

転生したら、赤ちゃんでした!?
〜二度目の人生は二人のパパともふもふ精霊に甘やかされ放題らしいです〜

晴日青

目次

マティアス
エルランド国の王子。
5年前に父王が急死し、
未成年だったことを理由に
叔父に王位を奪われる。
王位奪還のためにヴァイオレットを
養女にすることに。
ヴァイオレット
1歳の転生赤ちゃん。
孤独な精霊術師だった前世の
記憶があり、今世も親に捨てられて
孤児院で暮らしている。
実は"精霊の愛し子"の
力を持っていて…。
アンリメヒル
"精霊喰らい"と呼ばれている
最上位クラスの精霊。
なぜかヴァイオレットの側に現れ、
お気に入りと称してお世話をしてくる。
実はヴァイオレットの
力を見抜いていて…。
Characters

転生したら、赤ちゃんでした!?

～二度目の人生は二人のパパと
もふもふ精霊に甘やかされ放題らしいです～

ティストナート

マティアスと契約している
“影”の精霊。
基本的にはマティアスの
影に潜んでいる。
マティアスの相談相手になることも。

ナクサール

エルランド国の現国王で
マティアスの叔父。
普段は優しそうに見えるが、
王位を死守しようとする
腹黒い一面も…。

Tensei shitara,
Akachan deshita!?

遠い遠い昔のお話

立派とは呼べない小さな孤児院で、彼女はゆりかごに揺られながらまぶたを閉じていた。静寂に包まれた薄暗い空間の中、下へ下へと落ちるように意識が沈んでいく。眠りの底にたゆたいながら、導かれるまま夢の世界へ降り立った。

夢の中での彼女は成人を越えていた。吹雪いた雪山を歩いているが、進んだそばから足跡に雪が積もって消えていく。彼女がどこへ向かおうとしているのか、どこから来たのか、その様子からは窺《うかが》い知れなかった。

唯一わかるのは、彼女の顔に寂しさと諦めが浮かんでいるということだ。

一歩、また一歩と彼女は足を進める。誰も彼女を見守ってくれない。誰も声をかけてくれない。孤独の中で、時間だけが流れていく。

どれほど時間が経っただろうか。不意にその足が止まった。かと思うと、その身体《からだ》がゆっくりと傾《かし》いで雪の上に倒れ込む。

あっという間に降り積もった雪は、すぐに彼女を覆い隠してしまった。

（私の人生ってなんだったのかな）

貧しい家庭に生まれた彼女は、幼い頃から働き手として両親を支えてきた。賭博と酒を好む両親が湯水のように金を使うものだから、いくら働いても生活は楽にならなかったが。

それでも必死に生きていたある日、彼女は傷ついた精霊に出会った。やわらかな毛に包まれた、弱く小さなウサギの姿をした精霊だ。そういったものがこの世界にいるのは知っていたが、こんな形で出会ったのは初めてだった。

気がつけば自分が厳しい環境で生きているのも忘れ、精霊を癒やすために力を尽くしていた彼女は、やがて自分に〝精霊術師〟としての才能があることに気がついた。

精霊との対話を可能とし、契約を果たして人知を超える力を行使する特別な能力を持つ人間を精霊術師という。傷ついた精霊との出会いをきっかけに、それから彼女のもとには多くの精霊が訪れた。本来ならば契約を果たさねば力を貸してくれない彼らが、不思議と彼女にだけは自分から見返りなく力を貸すのを見て――彼女の両親は『金になる』と考えた。

それから彼女の生活は大きく変わった。

精霊たちから癒やしの力を借り、村人や村に訪れた旅人を癒やして金銭を稼ぐ日々。やがて噂が広まると、彼女を引き取りたいという貴族が現れた。

金貨五枚。それが彼女の価値である。

半年は働かずとも食べていける金額だ。新しい衣服も買えるし、馬や鶏といった家畜の購入だってできる。まっとうに生きていくとしたら、初期投資として充分すぎる金額だったが、彼女の両親は贅沢《ぜいたく》のために使った。

それを貴族に買われた彼女が知る日はついぞ来なかったが。

そうして親に売られた彼女は、貴族のもとで精霊術師としての生活を始めた。

貴族の子飼いとはいっても待遇は最悪で、もののように扱われるのは日常茶飯事だ。寝る間も惜しんで働かされ、貴重な能力を持っていることから自由を制限された。物置のような部屋は扉の外に監視がふたりもいて、ほかの使用人や奴隷との会話を厳しく禁じられた。

いつかこの生活が終わるに違いないと、慕ってくれる小さな精霊たちとともに強く生きてきた彼女だったが、ついにこんな雪山に送られてしまった。

極寒の地にしか咲かないという幻の花を見つけてくるよう命令されたが、その花がおとぎ話にしか存在しないものだと彼女は知っている。

貴族は彼女が持つ力を散々利用しておきながら、いつか自分に牙をむくのではないかと恐れ、今のうちに処分しておこうと思ったらしい。

(ひとりでいたくないから、頑張っていただけなのに)

もはや寒さや冷たさは感じない。ただ吹雪の音がだんだんと小さくなっていく。

(居場所が欲しかっただけ……)

誰もが持っているはずの〝家族〟を彼女は持たなかった。どんな才能よりも渇望したそれだけが、どう頑張っても手に入らなかった。

誰にも愛されなかった彼女の唯一の拠り所は、精霊たちだった。

雪に埋もれた手を伸ばしてもなにもつかめない。精霊たちは彼女を愛し、彼女もまた精霊たちを愛したが、それでも彼らは家族たりえなかった。

（もし、生まれ変われるなら）

は、と冷え切った息がこぼれる。

（優しい家族に恵まれて、幸せになりたいなあ……）

今日からお姫様になるらしいです

「おはようございます、ワタシのかわいいビビ」

　そんな声が聞こえ、ヴァイオレットは夢の世界から現実へ引き戻された。一瞬自分がどこにいるのかわからなくなったが、すぐに理解する。

　ここはあの冷たく孤独な雪山ではなく、暖かな陽光が差し込む孤児院だ。

　単なる悪夢ではなく、実際に経験した寂しさとつらさだというのも知っている。あれはヴァイオレットが今の自分に生まれ変わる前の——前世の記憶だったから。

（おはよう、アンリメヒル）

　いつものように心の中で呼びかけ、ヴァイオレットはゆっくりと目を開けた。視界が整うと、そこはアンリメヒルの姿がある。にこやかだがどこかうさんくさい笑みを浮かべたその男は、ヴァイオレットにとってある意味特別な存在だ。

「今日もいい天気のようですよ。どうです、お散歩に行きませんか」

（うん、連れて行って）

　そう答え、ヴァイオレットはアンリメヒルに向かって手を伸ばした。

　視界に映った手はあまりにも幼く小さい。まっすぐ伸ばしているつもりがふらふらと頼りなく揺れ、いかに今の自分が不安定な状態かを知らしめる。

そう、ヴァイオレットは一歳の赤ん坊に生まれ変わっていた。それに気づいたのはつい最近のことだ。まるで夢から覚めるように、自分には過去があることを唐突に理解した。

過去の自分の名前や、どこで生活していたかまでは思い出せないが、愛や家族に飢えた孤独な人生を送っていたのはわかっている。そして精霊たちを心から慈しんでいたことも。

「お散歩に行くなら着替えが必要ですね」

アンリメヒルがやわらかな布で編まれた小さな服を取り出した。薄いピンク色のワンピースで、かわいらしい花の模様が刺繍《ししゅう》されている。

（そのお洋服、初めて見たよ）

「アナタを喜ばせるために新しく手に入れたものですからね」

そう言いながら、アンリメヒルは手際よくヴァイオレットが外出するための身支度を整え始めた。

赤ん坊特有の甘いミルクの香りがする身体は瑞々《みず》しく、腕も足もむっちりと丸みを帯びている。いつまでも触っていたくなるほどすべすべの肌は、指を軽く押し当てただけで沈み込むほどやわらかい。

「足を動かさないでくださいね」

アンリメヒルに言われ、ヴァイオレットはいい子にじっとしていた。前世の記憶が戻った分、恥ずかしさはあるが、彼の手助けがなければなにもできないからだ。

　アンリメヒルがそっとヴァイオレットの足を持ち上げると、ぷにぷにした足の裏が露《あら》わになった。

「相変わらずやわらかくておいしそうですねえ」

（食べないでー！）

　足の裏をつつかれたヴァイオレットがくすぐったさに身をよじって、ころころ笑い転げる。じっとしているつもりだったのにこれではなんの意味もない。だが悪いのはヴァイオレットではなく、ちょっかいをかけてくるアンリメヒルだ。

（くすぐったいってば！）

「これもアナタがかわいいせいです」

　仕方がないとでも言いたげに、アンリメヒルがヴァイオレットの寝間着を脱がしていく。ぽこんとふくらんだ愛らしいお腹も、彼は当然のようにくすぐった。

（じっとしてようと思ったのに！）

「そう言って我慢できたためしがありませんよね」

（メヒルがこちょこちょするからだよ！）

　じたばた暴れるヴァイオレットは、前世の記憶を持っていようがどこからどう見ても赤ん坊でしかなかった。身体のほうに心が引きずられるのか、ついつい子どもっぽい仕草や考え方になってしまうのがもどかしい。

「今のうちにくすぐりに強くなる訓練です。はい、こちょこちょ」

(やだってばあ)

きゃっきゃと笑いながら逃げようとしたヴァイオレットだったが、大人に敵うはずもない。あっさりとアンリメヒルにつかまり、ときどきくすぐられながら服を着替えさせてもらうこととなった。

(こんな生活をしてると、前世なんてただの夢なんじゃないかって気がしてくる)

語り掛けなければ、アンリメヒルは返事をしない。単なる独り言まで聞かれないのはヴァイオレットにとってありがたい話である。

なぜ、アンリメヒルが当然のようにヴァイオレットの心の声と会話できるのかというと、ヒトの姿をしていても人間ではないからだ。

アンリメヒルは精霊と呼ばれる存在だ。この世界に祝福と呪いをもたらし、幸せと不幸を振りまく生き物だ。人の言葉を扱い、その姿を模倣できるアンリメヒルはかなり上位の力を持っているとみていい。

そんな男――性別も年齢も不明だが、見た目が男なのだから男でいいだろう――が小さなヴァイオレットの前に現れたのはもうずいぶん前になる。もっとも、一歳のヴァイオレットにとって『ずいぶん昔』なだけで、実際は一年ほど前の話だ。

「お疲れ様でした。お着替えが終わりましたよ」

（ありがとー）

一歳のヴァイオレットは自分で歩くこともできない。這いずって動くことはできるが、大抵の場合自分で動く前にアンリメヒルが運んでくれる。

このくらいの年齢ならば簡単な単語を話すのが一般的だ。しかしヴァイオレットは心で考えた言葉でアンリメヒルと会話を可能としているため、ついつい口で話すのを忘れてしまう。

とはいえ、頭でわかっていても身体が追いつかない状況は多々あったから、きっと思っていることを伝えようとしても『あう』『あー』といった赤ちゃん言葉にしかならないに違いない。

「さ、行きましょうか」

（わあい、お散歩）

アンリメヒルに優しく抱き上げられたヴァイオレットは、まだ早朝のまどろみに包まれた孤児院を出た。

昇り始めた太陽の光が彼女の顔を優しく照らすと、ヴァイオレットは少し眩しそうに瞬きを繰り返した。そして小さな手をアンリメヒルの胸もとにそっと添え、彼の温もりを確かめるように触れる。

陽の下に出ると、ヴァイオレットの愛らしいピンクブロンドの髪が煌《きら》めいた。ふわふわとしたその髪は頬の辺りで緩く巻かれていて、彼女が身じろぎするたび跳ねるように揺れる。

輪郭の丸さは赤子らしさを色濃く残しており、ほんの少しの笑顔でも周囲を癒やしてくれるやわらかな印象を与えた。抜けるような青空を思わせる青い瞳に冷たさはなく、おっとりとした垂れ目と相まってやはりどこか癒やしを感じさせる。

そんな彼女を腕に抱いたアンリメヒルは、すらりと背の高い男だ。ヴァイオレットを三人縦に並べたくらいの身長は、孤児院の大人たちですら見上げるほどである。しなやかな身体は細く、柳の枝を思わせる。

おそらく二十代前半と思われる顔立ちは非常に整っているが、常に浮かべた笑みがどうにもうさんくさい。その笑みに反し、吊り上がった細い目が笑っていないように見えるからかもしれない。あるいはその金色の瞳が猫のようにしたたかさを感じさせるからか。

黒く長い髪はうなじで一本に結ばれている。風が髪を揺らすたびにその長い髪がほんの少し乱れ、謎めいた雰囲気を醸し出した。

ヴァイオレットはアンリメヒルが歩くたびに、そのぬくもりと安心感をしっかりと受け取っていた。

（今日はどこまで行くの？）

「適当に。昨日は花を見に行きましたね」

（いい匂いだったー）

「今日もそこにしますか？」

（そうする！）

行き先を定めたアンリメヒルは、ヴァイオレットが腕の中でわくわくしていると気づいているだろうに急ごうとしない。

目的地にあるものだけではなく、そこに至るまでの周囲の景色も含めてヴァイオレットを楽しませようとしているらしい。だからヴァイオレットは、アンリメヒルの気遣いに甘えて、いつも孤児院の外に広がる景色を堪能した。どこまでも広がる青空、草の匂い、やわらかな風のすべてがヴァイオレットを安心させてくれる。

（早く歩けるようになりたいな）

「そう焦らずとも、すぐですよ」

当然のように答えたアンリメヒルを、ヴァイオレットがしみじみと見つめる。

（どうしてメヒルは私の心が読めるの？）

「アナタがかわいいからですよ、ワタシのビビ」

（答えになってないよ）

「ご存じでしょ？　ワタシがとても賢くて強い精霊だと。つまりそういうことです」

（賢くて強いって自分で言うんだ……？）

「事実なのでね」

実際のところ、ヴァイオレットはアンリメヒルがどの程度の力を持っているのか知らない。

彼が人間ではない素振りを見せるのは、こうして心の声と会話——念話をする時くらいだ。

（私、メヒルについてなんにも知らない気がする）

「ワタシがアナタを心からかわいいと思っていることだけわかれば、もうすべて知ったようなものです」

（どうしてそう思うかも知らないよ？）

「今度、鏡を見せてあげましょうね」

そういう問題ではないとヴァイオレットは少し困った。

この男がヴァイオレットのもとに現れたのは、彼女が生まれ落ちてすぐだったように思う。曖昧なのは、大人のように思考できるようになったのが最近のことだからなのか、それ以前の過去がぼんやりしているためだ。

（ほかの精霊もそう思ってくれたらよかったのになあ）

前世と同じく、今世にも精霊の存在がある。それを知ってうれしくなったヴァイオレットだったが、残念ながら目の前に現れるのはアンリメヒルだけだ。

精霊術師であると知るきっかけになったふわふわのウサギの姿をした精霊や、癒やしの術に特化したもふもふの羊型の精霊。まんまるの毛玉のような鳥の精霊もいたし、ころころとした子熊に似た精霊もいた。

精霊に様々な種類がいるのは知っているが、ヴァイオレットの周囲にいたのはどれもかわいらしい者たちばかりだった。癒やしに関連する力を持つ精霊が多かったのを考えると、ヴァイオレットの気質や適性に合った精霊が自然と集まっていたのかもしれない。

（この世界にメヒル以外の精霊はいるの？）

「いますよ」

（会ってみたい）

「ワタシがいるでしょ？」

ヴァイオレットはやれやれと小さな息を漏らした。アンリメヒルはこんなふうにヴァイオレットの質問や、願いに対してのらりくらりと誤魔化《ごまか》すことがある。

（……メヒルは私にとって特別な存在だけど、どこか信用しきれないのはこういうところがあるせいだと思う）

話しかけずに心の中でつぶやくと、ヴァイオレットは軽く足をばたつかせた。

ほかにもアンリメヒルを信用しきれないと思うことはある。

たとえば孤児院での生活だ。あまり大きな孤児院ではないが、世話係となる職員は孤児に対して十分な数が存在している。

およそ孤児五人に対して世話係はひとり。ヴァイオレットを含めて全部で二十七人の孤児と、六人の世話係がいるのだが、その世話係たちはヴァイオレットを認識してはいても世話をしにはこない。

アンリメヒルがいるから、ほかの者に世話をしてもらう必要はないのだが、ヴァイオレットが一歳の赤ん坊だと考えると妙な違和感がある。

世話係たちは自分が普段担当していない子どもたちもまんべんなく見守るし、世話をする。幼ければ幼いほど気にかけるのは当然だ。だから最年少のヴァイオレットを全員が気にしていいはずなのに、誰もそうしない。

アンリメヒルが孤児院に潜り込んでいる状況も、彼が世話係でもないのにヴァイオレットの面倒を見ていることにも、まったく違和感を覚えていないようだ。

（そういう魔法があるかはわからないけど、少なくともメヒルがなにかをしているのは間違いないと思う……）

前世では幻覚を見せる水の能力を持った精霊や、幻聴を聞かせる風の力に特化した精霊がいた。だから今世も認識を曖昧にさせたり、阻害する精霊の力――魔法がないとは言い切れない。

「ビビ、鳥がいますよ。好きでしょ？」

（うん、ふわふわでかわいいから好き）

話しかけられて顔を上げると、空に白い鳥が見えた。

（よくわからないな、メヒルって）

得体の知れない男であるのは間違いないが、少なくともヴァイオレットを気に入っているらしい言動に嘘《うそ》は見えない。率先して世話をしたがるのも、ほかの者に触れさせまいとするのも、もしかしたらお気に入りを独占したいだけなのかもしれなかった。

（少なくとも、メヒルがいてくれてよかったのは間違いないんだよね。これだけ頭の中でいろいろ考えてるのに、誰にも伝わらなかったら毎日泣いちゃいそうだもの）

思考は大人のものなのに、身体は赤子で意思疎通がままならない。その狂おしいほどのもどかしさを、アンリメヒルがやわらげてくれる。もしも彼がいなければ、ヴァイオレットは心と身体がかみ合わない生活に耐えられなくなっていたはずだ。

と、その時ヴァイオレットのお腹がくうと音を立てた。

「まだ花も見ていないのに、もう朝ご飯のことを考えているんですね？」

（考えてないよ！　勝手に鳴ったの！）

恥ずかしくなったヴァイオレットは、誤魔化そうと手足をばたばた動かした。アンリメヒルはそんなヴァイオレットを見下ろしてふっと微笑む。

（今日のご飯はなに？）

「麦の粥《かゆ》です。いつものアレですよ」

（あれ、ざらざらしてるからやだぁ）

「好き嫌いをすると大きくなれません」

（せめてミルクで炊いてくれたら……）

「あの孤児院にそんな資金があると思いますか。贅沢はいけませんよ」

（でもメヒルならどうにかできるんでしょ？）

　これまでもアンリメヒルはヴァイオレットのために、どこからともなく食料や道具を用意した。体調を崩した時は貴族が飲むような高価な薬を持ってきたし、衣服だってほかの孤児院の子どものものより上等な布を使っている。

　肌着に至っては絹だ。おかげでヴァイオレットは麻でできたごわついた衣服で肌が荒れることなく、快適に生活できている。

「できますけど、あまり甘やかすのもアナタのためになりませんからね」

　本当によくわからない男だとヴァイオレットは思った。なんのためにこうして自分の面倒を見ているのか、アンリメヒルは語らない。

　尋ねるたびに『アナタがとてもかわいらしくて愛らしいからです』とふざけた回答をするが、ヴァイオレットが素直にそれを信じて喜ぶには理性的な前世の思考が邪魔だった。

　それでも身体の年齢に合わせているのか、ときどき思考が幼くなる。虫を見た時は驚くより先に涙が出てしまったり、痛みを感じた時には声をあげて泣きじゃくったり、笑う時に手足をばたつかせてしまったり、お腹がいっぱいになるとすぐ眠くなってしまったり、まさに赤子そのものだった。それがまた心と身体の差を感じさせて、ヴァイオレットを戸惑わせる。

（ぼんやりとしか覚えていないけど、少なくとも前の人生よりはずっといい）

　ささやかな幸せを感じながら、ヴァイオレットはほんの少しだけ顔を上げてアンリメヒルを見つめた。長いまつげが風に揺れるのを見ていると眠くなりそうだ。

穏やかな空気の中、ヴァイオレットはアンリメヒルの腕の中で揺られながら、静かな散歩を楽しんでいた。風が心地よく吹き、木々の葉が柔らかく揺れる音が聞こえる。ヴァイオレットの身体はその穏やかな空気に完全に包み込まれていた。

しかし、突如として空気が変わった。風が冷たくなり、空の青さが一瞬で不穏な色を帯びる。

（なに……？）

ヴァイオレットは違和感を覚え、空を見上げた。太陽の光がなにかに遮られ、空がかすかに暗くなったように感じる。

その時、耳を突き刺すような鳴き声が遠くから響いた。

「キィイイイ！」

その音は鳥の鳴き声に似ていたが、まるで怒りと憎しみを込めたような不快な響きをはらんでいた。不安を掻《か》き立てるその音のせいで、ヴァイオレットの小さな心臓が忙しなく動き始める。

「せっかくの散歩が台無しですねえ」

ヴァイオレットとは違い、余裕の態度を崩さないアンリメヒルが呟《つぶや》くように言う。

次の瞬間、空が切り裂かれた。巨大な影が地上へと急降下する。暗い影が広がると、あたりの空気がぐっと重さを増した。

ヴァイオレットは思わず息を呑《の》み、その影の正体を見つめた。

巨大な鳥に見えるが、ただの鳥でないことはすぐにわかった。

羽の一枚一枚が鉄の刃のように鋭く、黒光りしている。その翼が広がるたびに、空気を切り裂く音が轟《とどろ》き、風がヴァイオレットの髪を乱した。

（精霊——）

ヴァイオレットがそう認識した相手は、血走った赤い目をふたりに向けていた。翼と同じく黒光りした鋭いくちばしが、威嚇《いかく》するようにカチカチと音を立てる。

（逃げないと！）

「逃げる？　誰が？　ワタシに言っています？」

（ほかにいないよ！）

呑気《のんき》なアンリメヒルに焦りを覚える。当然、そんなアンリメヒルよりも鳥の精霊のほうが動きが速かった。力強く羽ばたきながら、まっすぐにふたり目がけて突進する。その迫力に、ヴァイオレットは目を見開いて身体を縮こまらせた。

「ぅあ、ふあぁぁん！」

突然の事態にヴァイオレットの本能が引きずり出される。か細い声を上げて泣きじゃくるが、もう精霊はふたりの目の前まで来ていた。

ふ、とアンリメヒルの口もとに期待の笑みが浮かぶ。この危機的状況を楽しんでいるとしか思えない笑みだったが、ヴァイオレットにそれを咎《とが》める心の余裕はなかった。

「いい子にしていてくださいね。すぐに――」

「――避けろ！」

アンリメヒルが言い切る前に、別の低い声が割り込む。それと同時に轟音《ごうおん》が響き、黒い影の塊がふたりを襲おうとした精霊に食らいついた。

（え……？）

なにが起きたのか理解できなかったヴァイオレットだが、アンリメヒルがおもしろくなさそうに鼻を鳴らしたのには気づいた。

「怪我はないか？」

黒い影の塊が精霊に飛び掛かる直前、その背を降り立った男がふたりの前にやってくる。思わず聞き惚《ほ》れるほど心地よく響く低い声は、たったひと言だけで聞いた者に好印象を持たせるものだった。

男はアンリメヒルと同じくらい背が高い。しかし彼を大きく見せているのは身にまとう雰囲気のせいもあるだろう。単なる人間と呼ぶには圧倒的な存在感があり、立っているだけで空間を支配しているように思わせる。

肩よりも少し長い髪は美しい銀色だ。月光のように淡く輝いたそれが、無駄なく肩を越えて背中にかかっている。雪のような色というよりは、研ぎ澄まされた刃のような色だとヴァイオレットは思った。

顔立ちも神のいたずらかと思うほど整いすぎている。出来のいい彫刻ですら、彼の前では自身の顔を恥じて隠してしまいそうだ。

まっすぐに通った鼻筋と、理性的な光を宿した深紅の瞳。ヴァイオレットとは違い、この男にはやわらかな部分がなかった。鋭利な印象を受けるのもそれが理由だろう。

「おかげさまで助かりました」

男の問いに、アンリメヒルが淡々と答える。

つい目を奪われていたヴァイオレットは、はっとして先ほどの精霊の姿を探した。少し離れたところで地面にひっくり返っているが、生きてはいるようだ。その精霊に襲いかかった黒い影の塊はどこにも見当たらない。

「以前からこの辺りではあのような攻撃的な精霊が現れるのか？」

「どうでしょう。少なくとも、襲われたのは今日が初めてですね」

ヴァイオレットはアンリメヒルの胸に顔を寄せ、ぎゅっとその服にしがみついた。助けてくれた男に感謝する気持ちはあるが、赤い瞳と鋭い眼差しが少し怖い。

「そうか。これが偶然でなければ原因があるはずだ。それについてはこちらで対処しておこう」

「それはありがたい話ですね。ぜひよろしくお願いします」

「ひとつ聞くが、お前はどこから来た？　近くに孤児院があると聞いたが――」

「失礼、ワタシたちは用事を控えておりまして。お話でしたら、またいずれ」

（どうして孤児院のことを教えてあげないの？　用があるのかもしれないのに）

心の声でアンリメヒルに話しかけたヴァイオレットだったが、その疑問は黙殺された。

男の反応も待たずその場を立ち去ろうとするも、不意にどこからともなくかすれた男の声が響いた。

「主、この子どもが目的の少女かと」

その声は重々しく、地を這《は》うようにその場に広がる。ヴァイオレットは声の主を探して辺りを見回し、見つからないと知ると再びアンリメヒルの胸に顔を埋めた。

「話を聞かせてもらいたい」

男がアンリメヒルに話しかける。先ほどよりも硬い声色に、ヴァイオレットはますます不安を覚えた。

「残念です。ワタシにはその気がありませんので」

アンリメヒルは仰々しく肩をすくめると、ヴァイオレットを抱き直して男に背を向けた。

そのまま歩き出しても男が追いかけてくる気配はない。どこかに潜んでいるらしい声の主も、ひとまず近くにはいないようだ。

（あの人、なんだったんだろう？）

「きっとよろしくない人です。少なくともワタシにとっては」

（どういう人か知ってるの？）

「いいえ？　人間に興味はありません」

アンリメヒルはそれきり黙って歩き続け、やがて孤児院にたどり着いた。

見慣れた場所に戻り、そこで生活する人々の顔を見た瞬間、ふっとヴァイオレットの身体から力が抜ける。

精霊に襲われたことよりも、あの男のほうがヴァイオレットを緊張させていたのは間違いなかった。息が詰まりそうな空気を思い出し、ヴァイオレットはゆっくりと深呼吸をする。

「さ、朝食にしましょうか。アナタもお腹が空いたでしょ？」


食堂の窓から朝の光が静かに差し込んでいた。覚醒《かくせい》しきっていない早朝の冷たい空気が窓を通して部屋の中に少しだけ流れ込んでくる。

食堂には長い木製のテーブルが並んでおり、孤児院の子どもたちがそれぞれ座って朝食をとっていた。清々しい空気の中、落ち着いた朝の時間が広がっている。

ヴァイオレットはほかの子どもたちのように、まだ自分で食事を取ることができない。やればできるとは思うが、アンリメヒルがそれをさせなかった。

「ビビ、口を開けて」

アンリメヒルがやわらかく煮込んだ麦粥をヴァイオレットの口に運ぶ。舌触りがあまりよくない食事に気乗りしないヴァイオレットだったが、ひと口食べて目をぱちくりさせた。

「あう」

（甘酸っぱい！）

声と同時に心の声が漏れる。

「アナタがわがままを言うから、甘く煮詰めた果実を加えたんです」

（これならいっぱい食べられちゃいそう。もっとちょうだい）

気持ちが先行してしまい、もっと欲しいと麦粥の入った器に手を伸ばす。もう少しで届きそうだが、アンリメヒルはさっと器を取り上げた。

「そういうところは赤ちゃんですよねえ」

からかうように言うと、アンリメヒルはせっせとヴァイオレットに粥を食べさせ始めた。

「はい、あーん」

「ふあぅ」

匙《さじ》を差し出されたヴァイオレットは、丸い目を一層丸くしておいしい粥を見つめてから大きく口を開けた。しかし匙が入る前にぱくぱくと口を動かしたため、唇に粥がついてしまう。

「早いですよ」

アンリメヒルに笑われ、少し恥ずかしくなる。今度は焦らず、ちゃんと匙が口に入ったのを確認してからもぐもぐと動かした。

「あぅ、やぁ」

（ご飯は毎日これがいい！）

おいしい食事についつい興奮し、手足をばたばた動かすヴァイオレットをアンリメヒルがまた笑う。

「いい子にしていたらまた作ってあげます」

（いい子にする！）

きゃっきゃとはしゃいだヴァイオレットがまた手を伸ばした。アンリメヒルの手首を両手でぎゅっとつかみ、匙ごと口もとに引き寄せようとする。

食べるという一点に集中しただけで、ヴァイオレットの頭はいっぱいになった。

匙を口に入れなければならないとわかっているはずなのに、ついアンリメヒルの指をぱくりと噛《か》んでしまう。

「いい子は人の手をかじらないんですよ、ビビ」

（ご、ごめんなさい）

まだヴァイオレットは下の歯が二本しか生えていない。だから噛んだといっても甘噛みにすらならず、唇を『あむあむさせる』だけだ。

（子どもっぽいことはしないようにって気をつけてるつもりなんだけどなあ）

「と、アナタが思ったところで、どこからどう見ても赤ちゃんですからね。子どもっぽいどころか、子どもでしかありません。もう諦めて赤ん坊として生きてみては？」

（いっそそうできたら、もどかしくなかったのかもしれないね……）

赤ん坊の身体に心を引きずられなければ、うっかりアンリメヒルの指を噛んでしまうこともなかったはずだ。恥ずかしさ以上に申し訳なさを感じていると、アンリメヒルがヴァイオレットの口もとについた粥を濡《ぬ》れた布で優しく拭ってくれる。

「ワタシからすれば一歳だろうと百歳だろうと、赤ん坊と変わりませんけどね。アナタがいくつになろうと、かわいくて愛おしい子どもには違いありませんから」

（いつも思うんだけど……それ、ちょっと恥ずかしいよ）

「それ？」

（かわいいとか、愛おしいとか……。あんまり言われたことないの）

あんまりどころか、一度もない。前世の記憶を遡る中で聞いた言葉は『もっと稼いでこい』『ほかに役に立つ精霊は呼べないの？』『自分の食い扶持《ぶち》は自分で稼ぎなさい』というようなものばかりだ。

「見る目のない人たちに囲まれて生きてきたんですね。アナタは誰が見ても、世界で一番かわいらしくて愛おしいワタシの赤ちゃんですよ」

アンリメヒルがヴァイオレットのやわらかい頬《ほお》をむにゅっと両手で挟み込む。そのまま軽くふるふると振ると、ヴァイオレットは目をぱちくりさせた。

「ワタシは嘘を吐《つ》かない善良な精霊なので。どうぞ信じてください」

たしかに嘘は吐かないのかもしれないが、これまで何度か質問を誤魔化されてきたヴァイオレットは、首を傾げてむにゃむにゃと口を動かした。

「さ、まだお粥が残っていますよ。早く大きくなれるように、全部食べましょうね」

（はあい）

再びアンリメヒルに食べさせてもらいながら、ヴァイオレットはなんとなく抱いていた疑問を口に——もとい、心の中で言葉にした。

（メヒルは食べなくていいの？）

アンリメヒルは食事をしない。少なくとも、ヴァイオレットは彼が食事をするところを一度も見たことがなかった。

「お気遣いなく。人間の食事も口にできないことはないんでしょうが」

（やっぱり精霊だから違う？　……そもそも精霊ってなにを食べるの？）

「それは精霊によります。水しか口にしない者もいれば、石を喰《く》らって生きる者もいますよ」

（メヒルは？）

「当ててみてください」

また質問をかわされたとヴァイオレットは唇を尖《とが》らせる。

（そうやってなんにも教えてくれないから、メヒルについて知らないことばっかりになっちゃ

うんだよ）

ヴァイオレットがアンリメヒルについて知っているのは、『人間ではなく精霊である』『どうやら自分を気に入っている』『孤児院に居座るために、なんらかの魔法を使っている』くらいだ。なぜヴァイオレットを気に入っているのかはっきりした理由はわからないし、どんな魔法を使うかも知らないから、結局『精霊である』以外はなにもわかっていないと言ってもいいのかもしれない。

テーブルの向かい側では、孤児院で働く世話係が子どもたちに優しく話しかけながら朝食を配っていた。世話係は素早く温かいスープを各々に配り、子どもたちが食べやすいようにパンをちぎってやったり、飲み物を注いだりしている。

「先生、今日のおやつはなに？」

「お楽しみ、と言いたいところだけど、そうするとお勉強に集中できなくなりそうね。丸くてやわらかくて甘いもの。なんだと思う？」

「えー、なんだろ！」

賑やかな声と笑い声が響き、食堂を温かな空気が包み込む。

（いい場所だと思う。だけど自分だけ取り残された気にもなる）

ヴァイオレットはアンリメヒルが差し出した匙を口に入れながら、胸に浮かんだ寂しさを押し隠した。話しかけたわけではないからか、アンリメヒルが返事をする様子はない。

（私だけ赤ちゃんだから？　それとも……メヒルがいるから？）

ほかの子どもたちとヴァイオレットの違いはそれくらいだ。世話係も子どもたちもヴァイオレットを認識しているが、積極的にかかわろうとしない。そこに歪《いびつ》さを感じるが、だからといってなにができるというわけではなかった。

「ビビ、最後のひと口ですよ。あーんして」

（あーん）

アンリメヒルに促され、ヴァイオレットは小さな口を大きく開いた。用意された椀《わん》の中身をすべて空けると、テーブルに肘をついたアンリメヒルが満足げに口角を上げる。

「お口に合いました？」

（おいしかったあ）

無邪気に答えてから、ヴァイオレットは見た目にふさわしい子どもっぽい返答になったのを恥じた。

食事を済ませたヴァイオレットは、小さな手でテーブルをとんとんと叩いた。周囲を見回し、いつもなら空腹が満たされることによって訪れる眠りがまだ遠いと首を傾げる。

その理由はすぐにわかった。先ほどのあの男の存在だ。

『この子どもが目的の少女かと』

どこからともなく聞こえた声は、間違いなくヴァイオレットに対してそう言っていた。

(ね、メヒル。朝のあの人たちは誰だったんだろう?)

「さあ?　興味はありませんね」

ヴァイオレットは無意識のうちに、アンリメヒルを見上げる。

いつものうさんくさい笑みが消えたその表情は、ひやりとしたものを感じさせた。

(なにか知ってるの?)

「知っていたとしてどうします?」

(教えてってお願いする)

「アナタがワタシと契約してくれるなら、考えてあげてもいいですよ」

その言葉は、これまでにもアンリメヒルとの会話で何度か出てきている。

精霊は人間に力を貸してもいいと判断した時、契約を行う。強い結びつきによって人間は魔力を提供し、精霊は人知を超えた力を提供するのだ。

より上位の精霊ほど求める魔力量が増すため、魔力を持たない者はそもそも精霊たちから相手にもされない。ゆえに精霊たちに受け入れられ、契約を果たせるだけの力を持つ者を精霊術師と呼んだ。

ヴァイオレットの持つ前世の知識では、精霊術師が契約できる精霊の数は五体が限界といわれていた。魔力量に関係なく、それ以上は既に契約している精霊のほうが拒絶するのである。

そのため、精霊術師たちは複数の弱い精霊と契約するよりも、一体の強力な精霊との交わりを望んだ。

だからヴァイオレットは特異な存在だったのだ。

精霊術師と呼ばれ、自称もしていたが、彼女は精霊たちと契約していなかった。それなのに精霊たちが力を貸してくれるから、本来ならば五体までしか行使できない精霊の力をその倍以上扱えたのである。

(あの頃みたいにみんなが集まってきたらいいのにな)

契約と聞いて、ヴァイオレットの意識が過去に向かった。

もふりとした手触りのかわいらしい精霊たちは、どれも愛くるしい姿をしていた。

ヴァイオレットが呼べばすぐに現れ、どんな時も力を貸してくれたのに、今はまったく姿を見せてくれない。その理由が生まれ変わりを果たしたからだと思うと寂しかった。

(契約ってよくわからないし、する理由もないからしないよ。それになんだかちょっと寂しい気がして)

「寂しい?　なにが?」

(だって……なんて言えばいいんだろう。ご主人様と奴隷、みたいな感じがしない?)

契約を交わすと精霊は精霊術師に縛られる。

前世、貴族のもとで自由のない生活をしていたヴァイオレットには、精霊術師と精霊の関係があの頃の自分と主人に似ているように感じられていた。

（メヒルとはそういう関係になりたくないよ。今のままじゃだめ？）

「ワタシはアナタと違う考え方をしていますが、気が進まないのなら無理にとは言いません」

アンリメヒルは気軽に契約を口にするが、強要はしなかった。だからこれは彼なりの冗談かなにかなのだと思うことにしている。

食事を終えたヴァイオレットは、眠気に包まれてまぶたが重くなるのを感じていた。周りの賑《にぎ》やかな音も、心地よい温かさも、だんだん遠くなっていく。満腹感に包まれ、穏やかな食堂の空気に浸りながら、ヴァイオレットは静かにまどろんでいった。

しかし、その静けさは突然破られた。

孤児院の扉を叩く音が響き渡る。おしゃべりに夢中になっていた子どもたちはぴたりと口をつぐんだ。静寂の中、再びとんとんと扉を叩く音がする。

アンリメヒルは素早くヴァイオレットを抱きかかえると、その場を離れようとした。ヴァイオレットの部屋へ向かうには、入口の広間を通る必要がある。現れた人物と顔を合わせないよう、今のうちに移動したいと思っているのは明白だった。

広間への移動を果たしたのとほぼ同時に、孤児院の世話係を務める男が扉を開いた。

そちらに目を向けたヴァイオレットは、扉の向こうに堂々と立つあの男の姿に気がつき息を呑む。

（メヒル、さっきの人だよ）

「しつこいですねえ」

苦々しい言い方はあまり彼らしくない。

（さっきからどうしたんだろう？　今も逃げようとしてたみたいだし……）

世話係は低く頭を下げ、男に向かって声をかけた。

「ようこそはるばるお越しくださいました」

穏やかな声でも、その裏には緊張が隠しきれない様子が見て取れた。

世話係の後ろで、ヴァイオレットはただその光景を見守る。眠気は今や完全に覚めていた。

身体の中でなにかがざわつくような、言い表せない感情が湧き上がる。

「用は事前に伝えた通りだ。例の少女に会わせてもらいたい」

「かしこまりました、殿下」

（……殿下？）

ヴァイオレットは付け加えられたそのひと言を聞き逃さなかった。それは身分の高い者を呼ぶ時に使うものだ。

（あの人、王子様なのかな？）

「さあ？」

アンリメヒルは男のほうを見もせずに音もなく通り抜けようとしたが、既に男はふたりの姿を視界に捉えていた。

「やはりここの孤児院の子どもだったか」

つかつかと歩み寄った男がアンリメヒルと向き合う。こうして並ぶと、男のほうがほんのわずかに背が低い。

「それがどうしました？」

「この子を養女として引き取りたい」

「それはまた急な話ですねえ。ワタシたちはアナタが誰なのかさえ、よく知らないというのに」

「この子どもはともかく、お前は私を知っているだろう」

「いいえ？　少なくとも名乗られた覚えはありませんね」

妙に好戦的なアンリメヒルだが、ヴァイオレットは不安と同時に興味も抱いていた。なぜこの男は自分を養女にしたいなどと言い出したのか、そもそもどこの誰なのか、それを知りたかったのだ。

「いいだろう。私の名はマティアス・イーヴァル・エルランド。このエルランドの王子だ。今はわけあって首都ラズマリアではなく、エルメナに居を構えている。ほかに聞きたいことがあれば言うといい」

（王子様……）

この国の名がエルランドというのは知っていたが、王子の名前までは知らなかった。かつてのヴァイオレットが生活していた土地はこんな名前ではなかったように思うから、まったく別の場所に生まれ変わりを果たしたのだろう。

「勘違いであればいいと願っていましたが、そうですか」

「私は名乗った。お前も名乗るといい」

尊大な物言いはたしかに王族にしか許されないものだ。ヴァイオレットは緊張を感じ、アンリメヒルの腕の中で背筋を伸ばした。

「アンリメヒル、と」

「姓は?」

「ありません。必要ないので」

マティアスが訝《いぶか》しげな顔をする。この国では平民であっても姓を持つ。少なくとも必要ないからと姓を捨てた者はいないはずだった。

「なぜ、王子ともあろう方がこのような孤児院に? しかも突然、養女を迎えたいとは」

「その子どもはただの孤児ではない」

(そうなの?)

思わずヴァイオレットはアンリメヒルに聞いていた。

『アナタがとてもかわいらしいということですね』

(なにか知ってるんでしょ。教えて)

声にならない声での会話を念話という。アンリメヒルはときどきこうして、ヴァイオレットとの会話を使い分けた。

「その子は精霊を引き寄せる――薄気味悪い子どもとして親に捨てられたと聞く」

どくんとヴァイオレットの小さな心臓が嫌な音を立てた。

どうして自分が孤児院に引き取られたのか、理由は曖昧であまり覚えていない。しかしこの言い方だと、両親は自らの意思でヴァイオレットを手放したようだ。

「これまでなぜ存在が知れ渡らなかったか甚だ疑問だが、『精霊の愛し子《ルフス・エルスカ》』の可能性が高い」

気になることが多すぎて、どこから質問すればいいかわからなくなる。結局ヴァイオレットは〝今〟に一番関わりそうな単語に意識を絞った。

（ルフス・エルスカってなあに）

『……精霊たちから無条件に愛される特異体質を持った者をそう呼びます』

そんな羨ましい体質の人間がいるのかと驚いてから、ふとヴァイオレットは首を傾げた。

（もしかして私、生まれ変わる前もそうだった？　だから精霊のみんなが力を貸してくれていたのかな？　……メヒルが私のそばにいてくれるのもそれが理由だったりする？）

アンリメヒルは答えない。

「私にはその子どもの力が必要だ。既に迎え入れる準備は整えてある」

そう言うと、マティアスは手のひらに収まる大きさの袋を取り出した。成り行きを見守っていた世話係に渡し、中身を確認するよう促す。

世話係が袋の口を開き、中のものを手のひらに広げた。まばゆい光を放つ宝石がころりと転がり出ると、同じく様子を窺っていた孤児院の子どもたちや、ほかの世話係たちが息を呑む。

「殿下、これは……」

「これまでこの子を育てた労力に対する対価だ。受け取れ」

「ですが、これほどのものを……。一年……いえ、二年は食べるものに困らなくなるでしょう」

世話係の瞳が、アンリメヒルに抱かれたヴァイオレットに移る。

「ヴァイオレットにはそれだけの価値があるというのですか」

「ヴァイオレットというのか。ならば、これからはそう呼ぼう」

張本人は大人たちのやり取りを静かに見つめていた。どうせ自分が介入したいと思ったところで、アンリメヒルにしか正確な意図を伝えられないのだ。

「……どこでこの子のことを？」

「もともと養子を取るために孤児について調べていたのはあるが、偶然この子のものと思わしき噂を耳にしてな。とある貴族が子どもを孤児院へ預けたらしい、というものだ。それだけならば特段珍しくもないが、どうもその貴族の夫婦は自らの子を『化け物』と呼んでいたらしい」

そこまで聞いた時、さりげなくアンリメヒルがヴァイオレットの耳を手で塞いだ。片方の耳はアンリメヒルの胸に押しつけられ、聞こえてくる音がくぐもる。

（聞きたい。私、大丈夫だよ）

『アナタは化け物ではありませんよ。ワタシに比べたら綿毛のようなものです』

（……ありがとう）

アンリメヒルがヴァイオレットを気遣ったのは間違いなかった。食えない言動とうさんくさい雰囲気の男ではあるが、ヴァイオレットを大切に思う気持ちに偽りはないらしい。

「化け物と呼ばれた理由ははっきりしていない。が、子どもが生まれて以来、その貴族のもとで精霊による事件が頻発していたようだ。どうやら害のあるなしにかかわらず、ヴァイオレットが精霊を惹《ひ》きつけていたらしい。これは既に屋敷を離れた使用人から聞き出したものだ」

「そうして調べていった結果、この子を愛し子だと判断したわけですね」

「私の契約精霊も反応を示していたしな。先ほど会った際に、推測が正しかったとわかったわけだ」

（あの時、姿が見えないのに声だけ聞こえた。あれはこの人と契約した精霊のもの……？）

今もマティアスの契約精霊の姿は見えない。人間の目に捉えられない精霊なのか、それとも単純に隠れているのか、ヴァイオレットには判断がつかなかった。

（もし私が精霊に好かれる能力を持っているとして、マティアスさんに引き取られることになったら……）

前世、自分が貴族に買われた先でどんな目に遭ったか思い出し、ヴァイオレットの身体がふるりと震える。

（メヒル。私、行きたくないよ）

不安を覚え、きゅっとアンリメヒルの服をつかむ。

『そうですねえ』

生返事を聞いて、ヴァイオレットはますます怖くなった。

（養子にしませんって言って。お願い）

「ビビが姫と呼ばれるのも悪くないかもしれませんね」

（メヒル！）

ヴァイオレットはアンリメヒルのとんでもない裏切りに目を見開いた。

（どうしてそんなことを言うの……）

これまでずっと味方だったからこそ、ヴァイオレットの意思を無視した発言に衝撃を受けてしまう。荒れ狂う感情を抑える方法がわからず、ヴァイオレットは声を上げて泣き出した。

「ふあ……う……わあん、あああん」

泣きじゃくるヴァイオレットを見たマティアスが眉根を寄せる。子どもの泣き声を不快に思ったというよりは、なぜ泣いたのか、どうすれば泣き止むかわからず当惑しているように見えた。

「よしよし、泣かないでください。アナタにとっても悪い話ではないはずですよ」

（お姫様になんてなりたくない。ずっとここにいたいよ）

孤児院での生活はヴァイオレットにとって穏やかで幸せなものだった。前世、どれほど望んでも得られなかった安心した日々を奪われると知って、平気な顔をしていられるはずがない。

(メヒルとも離れちゃうよ。そんなのやだ……)

「どうすればその子は泣き止む?」

マティアスがアンリメヒルに尋ねると、ヴァイオレットはひくりと喉を鳴らした。

「たくさん話しかけて、こんなふうに揺すってあげると効果がありますね」

アンリメヒルは普段からよくするように、ヴァイオレットをゆらゆらと揺らし始めた。いつもなら眠くなってしまうその動きも、今はちっとも眠気を与えてくれない。

『ビビ、心配しないで。ワタシがアナタから離れると思いますか? 心配しなくても、ずっと一緒ですよ。たとえ嫌だと言われても離れません』

しゃくり上げたヴァイオレットが丸い瞳でアンリメヒルを見上げる。

(本当? でも養子になっちゃったら、一緒にいたいって思ってもだめかもしれないよ)

『そこはうまくやりましょう。それにね、ビビ。よく考えてみてください。実に都合のいい申し出だと思いませんか? 城での生活なんて、アナタにとってこれ以上ない環境ですよ。人間は権力がお好きでしょ? 姫になれば誰もアナタにひどい真似をできなくなりますよ』

たしかに一理あるような気はするが、すんなり受け入れるには不確定要素が多すぎる。

自分が養女になったとして、どんな生活を送るかさっぱり想像できないヴァイオレットにとって、アンリメヒルの言う利点は理解しづらかった。

『いつまでも麦粥で生活したくはないでしょ？』

アンリメヒルがさらに付け加えたひと言は、ヴァイオレットにこれまでと違う衝撃を与えた。

今までの生活に不満があったわけではないが、おいしいものを食べられるならそのほうがいいに決まっている。アンリメヒルがどこから上等な衣服や薬、小物を調達しているのか、気にする必要だってなくなりそうだ。

「……泣き止んだな」

ふたりが念話をしていると知らないマティアスが真面目な顔で言う。覗きこまれたヴァイオレットは驚いてアンリメヒルの胸に顔を押しつけた。

「知らない人間が現れて驚いたのでしょうね。これから面倒を見てくれる方だと、理解してくれることを願うばかりです」

「……つまり、この子を養子として引き取ってもかまわないということだな」

ヴァイオレットはおずおずとアンリメヒルの胸から顔を離し、マティアスを見た。

怖そうな人だという印象は変わらないし、彼が子どもと接している姿もまったく想像できない。養子になったところで、親子としてやっていけるのか甚だ疑問だ。

（麦粥は食べなくてすむかもしれないけど、別に贅沢をしたいわけじゃない。普通の温かい家族が欲しいだけ……）

王族の一員になるなんて奇跡のような幸運を引き当てても、素直に喜べない。

こうなると、困った時は助け合い、幸せな時間を分かち合える家族を求めることこそが贅沢だと言われているような気がした。

「異論がないのなら手続きを進めてくれ」

「はい、殿下」

世話係が慌ただしく書類を用意し、ヴァイオレットを養女として迎え入れるための準備を始める。

マティアスの行動は早かった。手際よく書類を確認し、力強く流麗な筆跡で署名をすると、改めてヴァイオレットの顔を覗きこんだ。

「今日からお前は、ヴァイオレット・フィエーダ・エルランドと名乗るがいい」

新しい〝パパ〟

ヴァイオレットは新しい名前を与えられてすぐ、マティアスに連れられて孤児院を後にした。

てっきり馬車か馬で移動するものだと思っていたのに、彼が移動手段として使ったのは以前見たあの黒い影の塊だった。

ティストナートという名の影の精霊は、マティアスと契約しているらしい。普段はマティアスの影に潜んでいるそうで、どこからともなく声が聞こえたのもそれが理由だと判明した。

好んでドラゴンの姿を取るティストナートは、ヴァイオレットをしっかりと腕に抱いたマティアスを乗せてすぐに飛び立った。

そうして到着したのが、首都ラズマリアの隣に位置する都市、エルメナである。

街を囲う石壁を抜けると、すぐに巨大な城が視界に入った。広い大通りをまっすぐ進んだ先にあるその城は、近づくほどに大きくなる。

街から城に入るには重厚な門をくぐる必要があった。マティアスの顔を確認した衛兵たちが門を開くと、空に向かって伸びる壮麗な塔がひと際目立った。

ヴァイオレットはその美しい景色を目で追いながらも、抱かれているマティアスの腕にしがみつくようにして不安げに身をすくめた。

城内に足を踏み入れると、足もとには柔らかな絨毯《じゅうたん》が広がっていた。壁には黄金の装飾が施された絵画が飾られているが、人物画ではなく風景画だ。

（私、とんでもないところに来ちゃったのかもしれない……）

ヴァイオレットが不安を覚えているとも知らず。マティアスは無言のまま豪華な廊下を歩いていった。

やがて長い廊下を歩いていたマティアスが、不意に足を止めた。それに合わせてもうひとり分の足音が止まる。

マティアスが身体ごと振り返ったおかげで、ヴァイオレットもそこにいる人物の姿を見ることができた。

この場にいるはずのないアンリメヒルが、底の読めない笑みを浮かべて立っている。

「なぜお前がここにいる？　……いや、どうやってと聞くべきか」

「ワタシがどのようにここを訪れたのか、そんなことは些末事《さまつじ》です」

飄々《ひょうひょう》と歌うように言うと、アンリメヒルはマティアスに歩み寄った。

そして、その腕の中で不安げに瞳を揺らしたヴァイオレットを見下ろす。

「見たところ、この城には使用人の数が少ない様子。となると、ビビの世話係としてワタシが必要でしょ？」

「お前に頼る理由がない」

「誰がこの子を育てたと思ってるんです？」

ずい、とアンリメヒルが一気に距離を詰める。マティアスが身を引くと、アンリメヒルは肩をすくめてくつくつと喉を鳴らした。

「今日まで育てたのはワタシですからね。そこはお忘れなきようお願いしますよ」

「……お前は何者だ」

「もう名乗ったはずですが？」

（精霊だって説明しないの？　マティアスさんは精霊術師みたいだし、そのほうが話が早い気がするけど……）

『わざわざ改まって話すのは恥ずかしいでしょ』

アンリメヒルが本気でそう思っていないのは、さすがにヴァイオレットにもわかった。隠したがっているようには聞こえないが、積極的に説明する気もないらしい。

「ティストナート」

マティアスが自身の影に呼びかけると、足もとの影が燭台《しょくだい》の火に照らされたようにゆらりと揺らぐ。

「ここにおります」

「この男を監視しろ。妙な素振りを見せた時は、私の判断を待たずに排除してかまわん」

「かしこまりました」

「おや、怖い。物騒ですねえ」

おどけて言うアンリメヒルを振り返り、マティアスは眉根を寄せた。しかしアンリメヒルに対してはなにも言わず、代わりにヴァイオレットに話しかけた。

「部屋へ案内しよう」


ヴァイオレットの部屋は豪華で美しかった。

（わあ、すごい……）

広々とした空間に驚いたヴァイオレットが、部屋の隅々に目を向け、壁にかかった燭台に手を伸ばして触れようとする。しかしマティアスは彼女の好きなようにさせなかった。少々素っ気ないその態度は、子どもと接した経験が少ないことを暗に示している。

「ここが今日からお前の部屋だ。世話係に用意した人間はいるが……」

「ワタシがいますでしょ？」

「……お前にとって、この男は信用に値する人間か？」

やわらかな絨毯の上に置かれたヴァイオレットは、ぺたんと座ったまま背が高すぎる大人ふたりを見上げた。

きちんと表情を確認するにはあまりに自分が小さすぎて、首が痛くなってしまう。

（メヒルがいてくれたほうがいい。……って伝えるにはどうしたらいいと思う？）

「ワタシにいてほしいそうですよ」

アンリメヒルはヴァイオレットの質問に答える前に、心の声をマティアスに伝えた。

「なに？」

「ワタシはビビと過ごした日々が長いので、なにを考えているかわかるのです」

「そんなことがありえるものか」

「でしたらアナタについていてどう思っているか聞いてあげましょうか？」

アンリメヒルの視線から、回答を望まれていると察したヴァイオレットは考えた末にマティアスの印象を伝える。

（ちょっと怖い人……かな。どうして私を養女にしたのかもわからないし……）

「苦手意識を抱いていますね。可能な限り顔を見せないでほしいそうです」

（そこまで言ってないよ！）

ヴァイオレットは抗議の意味を込めて、アンリメヒルの足を叩いた。ぺちぺちとかわいらしい音がするのを見て、マティアスが目を細める。

「違う、と言っているように見えるが？」

「そうですか？　じゃれているだけですよ。ね、ビビ」

じたばたするヴァイオレットを抱き上げると、アンリメヒルはその小さな身体をふかふかのベッドの上に座らせた。体勢を崩してごろんと転がったヴァイオレットは、そのまま足をばたばた動かして不満を訴える。

「ビビのお世話はワタシだけで充分です。これまでもワタシが担当してきましたので」

「やけにこだわるな。なぜ、そうまでして……」

言いかけたマティアスが、ふとなにかに気づいた表情を見せる。

「まさかお前は精霊なのか」

「そう見えます？」

「見えない。だが、それならば理由がつく。お前が精霊ならば、この子はたしかにルフス・エルスカなのだろう。――ティストナート」

「……はい」

マティアスの影が囁《ささや》くように返事をする。

「精霊はルフス・エルスカを傷つけようと思うのか？　あるいは傷つけることができるのか？」

「傷つけようと思えば可能です。よほど強い意志を持たねばなりませんが。ルフス・エルスカに対する感情は、人間でいう母性や父性に近いものだと思っていただければ」

「ワタシに聞いていただければ答えますのに」

肩をすくめて言ったアンリメヒルに、マティアスは端的《たんてき》に言い放った。

「お前は信用ならない」

「ビビ、聞きました？　アナタを引き取った人は実に失礼ですよ」

（ごめんね、これはしょうがないと思う。だって孤児院に置いてきたはずなのに、いきなりお城に現れるような人だよ）

そうは言っておきながらも、ヴァイオレットは少し安心感を覚えてもいた。

孤児院を出る際、アンリメヒルがやけに物わかりがよかったのが気になっていたのだ。ここでお別れなのかと思っていただけに、結局そばにいてくれるという事実がありがたく、心強い。

マティアスは仰向けに転がったヴァイオレットのそばに腰を下ろすと、ピンクブロンドの髪にそっと触れた。

「先に言っておく。私はお前の力を利用するために養女とした。……赤子に説明したところで、どこまで理解しているかは知らないが」

「ビビは賢いのでちゃんと理解していますよ」

アンリメヒルが横から口を挟むのを聞き、ヴァイオレットは同意を示して手足をばたつかせた。うなずいたはずがどうしてそうなるのか、心と身体が一致しなくてもどかしい。

「私の目的は、この国の王位を得ることだ。そのためにお前を使う」

（どうやって……？）

彼はヴァイオレットを〝精霊の愛し子〟と呼んだ。それが関係しているのは間違いないだろうが、精霊に愛される能力をどう生かすつもりなのかはわからない。

「そんなくだらない理由にワタシのビビを巻き込まないでいただきたかったですね」

「どう言おうともう決めたことだ」

アンリメヒルは短くため息をつき、その言葉を聞いていた。その表情には、理解しがたいものが浮かんでいる。

（私を利用するって言うけど、私にはなにもないよ。ルフなんとかだってよくわからないし）

ヴァイオレットの戸惑いと不安を表情から感じ取ったのか、マティアスはほんのわずかに困ったような顔をした。

「心配するな。お前はこれから私の娘になる。その理由がなにであれ、不自由のない暮らしをさせるつもりだ。それがお前を利用する対価だと思っている」

（孤児院でも対価って言ってた。一方的な関係は望まない性格なのかな）

「その不自由のない暮らしとやらがどういうものかは存じませんが」

鼻で笑ったアンリメヒルがヴァイオレットを抱き上げた。

「アナタはこれからこの子に自分をパパと呼ばせるつもりでしょ？　ですが今日までこの子を育てたパパはワタシですからね」

（……なに言ってるの？）

真面目な話をしていたはずなのに、アンリメヒルのせいで急に気が抜ける。

ついついじっとりした目で見てしまったヴァイオレットだが、肝心のアンリメヒルは涼しい顔をしていた。

「精霊がなぜ契約もしていないこの子にそこまで執着する？」

「執着だなんてとんでもない。父性です」

そう言うと、アンリメヒルはヴァイオレットのやわらかな頬をふにふにと指でつついた。

「ね、かわいいでしょ」

マティアスは理解できないといった様子で息を吐くと、アンリメヒルに顔を弄られているヴァイオレットに目を向けた。

「これから親子にはなるが、お前に〝パパ〟と呼ばれたいとは思わん」

それだけ言い残し、マティアスは部屋を後にした。

部屋にはヴァイオレットとアンリメヒルだけが残された。壁にかけられた絵画が、燭台の光を反射して薄く浮かび上がる。

部屋の中に静かな空気が流れると、ヴァイオレットはベッドの上に座って落ち着かなげに視線をさまよわせた。

（私、これからどうなっちゃうんだろう）

「なにも心配する必要はありませんよ」

アンリメヒルはヴァイオレットに目線を合わせ、安心させるように微笑した。不安と警戒心を緩めるように髪を撫で、小さな肩に入った力を抜こうとする。

「アナタには私がいますでしょ」

ヴァイオレットがわずかに目を細めた。

（……うん。そうだけど）

「ワタシがいなくなることを心配しているなら、契約します？」

（しないよ。……しなくてもいなくならないよね？）

アンリメヒルは答える代わりに、ヴァイオレットの頬をそっとつまんで引っ張った。またふにふにといじられて、ヴァイオレットはくすぐったさに身をよじる。

（あの人、私を利用するって言った）

「アナタが望まないならワタシが守ってあげます」

（……できるの？　だってティストナートはとても強い精霊だよ。見たよね、私たちを助けてくれた時のこと）

「お忘れかもしれませんが、ワタシも精霊ですよ」

（ティストナートより強い？）

「ええ」

ヴァイオレットを安心させるために即答したのか、それとも本当にティストナートよりも強い力を持っているのか。アンリメヒルの飄々とした表情から真実を読み取るのは難しい。

（じゃあ……大丈夫なのかな）

それでもヴァイオレットが今のところ信用できる相手はアンリメヒルだけだったから、なんとかできるという言葉も信用しておく。

「この世界の誰が敵に回ったとしても、ワタシだけはアナタの味方ですよ。かわいいビビ」

ヴァイオレットはアンリメヒルの言葉を聞いて目を閉じた。

たしかにアンリメヒルは得体の知れない部分が多く、信用しきれるかというと怪しい存在だ。それでも今日までずっとヴァイオレットのそばにいてくれた特別な精霊でもある。

しかしヴァイオレットは、たとえ一歳の子どもだろうと誠実に接したマティアスのことが気にかかっていた。わざわざ利用するために養女にした、などと言う必要はないのに、彼はきちんと説明したのだ。そして利用する対価として不自由のない生活を約束すると言った。

（いろいろ考えなくちゃだめなんだろうなあ）

朝から衝撃的な出来事が続いていたのもあり、すっかりヴァイオレットの頭は考えすぎて熱くなっていた。食後のお昼寝もまだだったことを思い出すと、意識したせいか、急に眠気がやってくる。

「おねむですか、ビビ」

（うん。お昼寝したい……）

「どうぞごゆっくり。誰にもアナタの眠りは妨げさせませんよ」

ふんわりとしたシーツの上に横たわったヴァイオレットの上に、アンリメヒルがこれまたふわふわの毛布をかけてくれる。

孤児院にいた頃には考えられなかった上等の寝具は、ただでさえ疲労していたヴァイオレットをあっという間に優しい眠りへと連れて行った。

◇◇◇

ヴァイオレットの部屋を後にしたマティアスは、執務室の窓から外を見ていた。

晴れやかな青空が広がっているが、マティアスの心は妙に晴れない。ようやく目的の存在を見つけられたのに、だ。

「本当に、あの幼い子を利用するおつもりですか？」

かすれた声が室内の空気を震わせる。

「監視しておけと言わなかったか」

「アンリメヒルはヴァイオレット様に危害を加えません。もしその必要があれば、既にそうしているでしょう」

ティストナートの言葉にはたしかにとうなずかせるだけのものがあった。アンリメヒルは長らくヴァイオレットのもとにいたという。なにかをするつもりならば、いくらでもその機会はあっただろう。

マティアスはしばらく口をつぐんだまま、自身の影を見つめていた。そこに潜んだティストナートと目を合わせるかのように。

「ヴァイオレットを利用するつもりか、と聞いたな」

「はい」

「どういう意図による質問かは知らないが、利用しなければならない、としか答えられん」

再び窓の外へ向けたマティアスの瞳には、無感情な冷たさが浮かんでいる。しかし、その眼差しの奥には、なにかしらの迷いも隠されているように見えた。

「……そうですか」

「お前があの子を気にかけるのは、ルフス・エルスカだからか？」

「わかりません。あの子どもを気にかけているというよりは、主を気にかけているのだと思っていますが」

本当にあんな小さな子どもを利用して良心が咎《とが》めないのか――。

ティストナートの控えめな言葉から遠回しな気遣いを感じ、マティアスは皮肉げな笑みを口もとに浮かべる。

「案ずるな。王位を手に入れるためならば、幼子だろうとなんだろうと利用する。……とはいえ、本当にあの子どもがルフス・エルスカなのかは気になるところだ」

「なぜ、そのように思うのです？　私の言葉も含め、情報を整理した結果そうだと判断したのではなかったのですか？」

「お前の言う通りだ。だが、ルフス・エルスカは精霊に愛される才能を持っているのだろう？　なのに、あの子の周りには精霊の影がない。アンリメヒルだけだ」

ゆらりとマティアスの足もとで影が揺らめく。その揺らぎは、マティアスの中にある微かなためらいを表しているようでもあった。

そこに、扉を叩く音が響く。

「入れ」

マティアスが声をかけると、一拍置いて恰幅《かっぷく》のいい男が現れた。身なりがよく、貧困とはほど遠い肥えた姿は、ひと目で貴族階級にあるとわかる。

「おはようございます、殿下。先日議会であがりました税制改革案について、話がまとまったためぜひ殿下の意見をいただければと」

（本気で求めているわけでもないのに、よく言えたものだ）

一部の貴族たちが議員を務める議会は、この国の政治を支える役割を担っている。かつてはマティアスの父である先王が、彼らの力を借りて政治を行っていた。

五年前に先王が急逝した後、その弟にあたるナクサールが王位についた。

すでにマティアスは十八歳で成人を迎えていたが、一国を担うには若すぎるという〝叔父心〟による優しさから、一時的なものとして提案された――と思っていた。

しかしあれから五年経ち、マティアスが二十三歳になった今でも、ナクサールは王位を明け渡そうとしない。

それどころか、自分と自分の支持者のために搾取を続け、国を腐らせていく。

果たして最初から権力に取りつかれていたのか、王位を預かっている間に心変わりしたのか、マティアスにはあまり興味がなかった。

大切なのは今のナクサールがどうかであって、過去はもはやどうでもいい。

「どのような案が出たのか、ぜひ聞かせてもらおう」

議員は品のない笑みを浮かべながら、次々と詳細な税制改革案を説明し始めた。マティアスの目は冷ややかだったが、表情には変化を見せなかった。

「今回の改正案では特に貴族層の負担を軽減する方向で進めています」

その声には自信が感じられた。まるで自分たちの考えが正しいとでも言いたげである。だがマティアスはその言葉を黙って聞きながらも、心の中では愚かな考えに呆《あき》れていた。

「まず、土地税の改定です。これまで貴族たちは広大な土地を所有し、その収益に対して高額な税を支払っていましたが、今後はその税率を大幅に引き下げる予定です。そうすれば、農業の生産性がより向上するでしょう」

なぜそうなる、とマティアスは頭を抱えたくなった。

税率が引き下げられるのは、広大な土地を所有している貴族にとって非常に都合がいい。

彼らは土地から得る収益を、ほとんどそのまま利益として手にすることができるようになるだろう。

（税率を下げた分の金がどこへいくのか、ぜひ同じ熱量で語ってもらいたいものだな）

マティアスがそう思っているとも知らず、議員はさらに続ける。

「また、商業税についても見直しを行います。商人層にはさらに優遇措置を講じるのはいかがでしょう！　これにより商業活動の活性化を狙うと同時に、商人たちの政治的な影響力を強化することができます。自分たちも政《まつりごと》に関係する一員だという意識を持たせることで、よりこの国への忠誠心を引き上げられるでしょう」

商人たちが政治に関わるようになれば、その分だけ貴族の発言力が低下する。考えればすぐにわかるはずだが、議員はこのうえなくよい提案だと思っているようだ。

おそらく商売上手の商人たちにうまくまるめこまれたのだろう。

さらに、この案を進めれば一般市民との格差が広まる。商人による支配が強化され、実質的には富裕層による搾取が加速することを意味していた。

「逆に庶民層に対しては、さらに税を課します」

（貴族層の税負担を軽くしておきながら、民には今以上の税を課すというのか）

とても誇らしげに語る内容ではないのに、議員は鼻息荒く顔を紅潮《こうちょう》させている。自分の考えに間違いがないと、本気で信じているらしい。

「特に日常的に消費される商品に対して税率を引き上げます。食料品や衣料、燃料といった生活必需品が対象です」

必需品を対象に税率を引き上げればどうなるか。国民たちの生活がより一層困窮するだろうというのは考えなくてもわかることだ。生活水準が大きく下がれば、犯罪率の増加や他国への人材の流出に繋がる。緩やかに国が滅びていくのは間違いない。

「いかがでしょう、殿下」

議員は満足げに説明を締めくくった。素晴らしいだろうと言いたげだが、その内容はナクサールやその支持者たちにとって、極めて都合の良い内容に過ぎなかった。

マティアスは表情を作るのも忘れ、苛立ち交じりの口を開いた。

「どれもこれも賛同しかねる。既に民の生活は限界へ追い込まれつつある。その状態でより税を課す理由はなんだ。そこで浮いた金は、どう民に還元する？」

「それはまた、追々考えていくところで……」

「なぜ、まず最初にそれが上がらない。なんのために税と名をつけて金を回収しているのか、説明してみるがいい」

もはや怒りを隠すのも忘れていた。語気を強めたマティアスに、議員はふるりと肩を震わせ、なにやら気まずそうにぶつぶつと口の中でつぶやく。

（これ以上話しても無駄だな。どうせここであれこれと問答したところで、意見を握り潰されては意味がない）

マティアスは自身の気持ちを静めるように息を吐いた。

その音にさえ議員がびくりと反応する。

「話は変わるが、王位の問題はどうなった？」

議員はその質問に対して面食らった様子を見せたが、すぐに表情を整えて応じた。

「王位の件についても、進行中でございます。殿下に即位いただくことは、我々の目標の一つではありますが、現状では慎重に調整を進めている段階です」

「その慎重な調整とやらはいつ終わる？」

本来、マティアスが王位を継ぐはずだった時から既に五年が経過している。慎重に慎重を重ねてもこれほど時間はかからないだろう。

「なにぶん、すぐには決められない話でして……」

「わかった。もういい」

一方的に会話を打ち切られたにもかかわらず、議員はほっとした様子でぺこぺこと頭を下げ、執務室を出て行った。

扉が静かに閉まり、議員の足音が遠ざかっていく。

「ティストナート、あいつの話を聞いただろう？」

マティアスは自身の影に潜むティストナートに向かって声をかけた。

「ええ」

マティアスはたとえ王でなくとも、国民の声を聞くために尽力していた。ティストナートという唯一無二の精霊と契約しているのもあり、活躍の場は主に戦場だったが。

それでもマティアスの耳には国民たちの声が届いた。貴族や今の政治に抱く不満、そして現国王のナクサールに対する不信感や不安だ。

この国の王となる者は代々精霊術師としての才能を有している。マティアスの父も、息子ほどの才能はなくとも国を襲う脅威を振り払うための力を持っていた。だから人々はマティアスの一族が国を治めることをよしとしているのである。

しかしナクサールには精霊術師としての才能がない。精霊術師になる素質を持った者のほうが少ないのを考えると仕方のないことではあるが、これまで精霊術師を王に据え、頼ってきた民が不安に思うのも当然である。

他国から侵略された場合にどうするのか、そもそも侵略されないよう牽《けん》制する手段があるのか、精霊の力を借りないと考えた場合、国民たちにはその答えが出せない。精霊術師に頼らずとも問題ないと思うには、彼らはその力に依存しすぎていた。

マティアスが契約している精霊はティストナートだけだが、この事実だけで他国への牽制が成立する。ティストナートはそれほど強い力を持った精霊だからだ。影の精霊であるティストナートならば、いくつもの影を生み出し、それらを使役する形で作業をこなすこともできる。多くの精霊を動員せずとも、確実に。

マティアスがティストナートとともに戦う姿を見た国民の数は多くないが、活躍を耳にした者は多い。

そんなマティアスが精霊に愛されたヴァイオレットを養子にしたと公表すれば、国民の期待はますます高まるだろう。

いかにくだらない言い訳を重ねて、本来王となるべき者から玉座を遠ざけたところで、民の不満の声が大きくなれば聞かざるをえない。

だから、マティアスはヴァイオレットを必要としている。可能ならば実際にルフス・エルスカである証明を国民の前で披露する機会があればいいと思っていた。

「もう時間がない。これ以上、民に負担を強いるわけにはいかん」

ティストナートがマティアスの言葉に呼応するように影を揺らめかせる。マティアスは額に手を当て、重い息を吐いた。

ふわふわともふもふ

目を覚ましたヴァイオレットは、しばらくぼんやりと天井を見つめていた。

窓から差し込む光が、まだ眠気を帯びた目を眩《まぶ》しく照らしている。あたりの空気はひんやりとしていて、なんとも贅沢な静けさが漂っていた。

耳をすますと遠くから使用人たちの足音が聞こえる。しかしここは孤児院とは全く違う、広くて高い天井の豪華な城の中だ。

やわらかな毛布、そしてふわりとしたシーツの感触の素晴らしい寝心地。

どれもまだ夢を見ているかのようだが、なによりも自分が王子の養女になったという事実がまだ信じられない。

ヴァイオレットはゆっくりと手を伸ばし、絹のカーテンに触れてみた。

その冷たさが、現実の一端を感じさせる。自分がこれから生きる新しい生活が、少しずつ実感として身体に染みこむようだった。

（お姫様ってどうやって過ごすんだろう？　……とりあえず私がしなきゃいけないのは、歩く練習？）

「おはようございます。ワタシのかわいいビビ」

カーテンをつかんでいたヴァイオレットは、突然背後から声をかけられて飛び上がった。うっかりカーテンを破きそうになるが、なんとかぎりぎりのところで堪える。

（び、びっくりした）

「今日はワタシが起こすよりも早く目を覚ましましたね。やはり環境が変わったせいでしょうか？　こんなことなら、昨日は一緒に寝てあげればよかったですね」

（添い寝はいいかな……）

ただでさえヴァイオレットにべったりで、湿度の高い接し方をしたがるアンリメヒルのことだ。添い寝なんて許したら、きっと寝苦しいに違いない。

「遠慮しなくていいんですよ。ひとりで寝るには、このベッドは広すぎるでしょ？」

いつもの調子だが、ヴァイオレットはアンリメヒルのまとう空気の微妙な変化を感じ取った。少し考えてから、自分を見つめるアンリメヒルの眼差しに気遣う光が宿っているのに気づく。

飄々とした態度をしているせいでわかりにくいが、どうやら心配してくれているらしい。

（ありがとう、気持ちだけいただくね）

「感謝の気持ちは契約でどうぞ」

（また今度ね）

「残念です、とても」

そう思っているようには聞こえない。とはいえ、慣れたやり取りだったため、ヴァイオレットは気にしなかった。

シーツの上に手をつき、這ってアンリメヒルのもとへ向かう。察したように抱き上げられ、ふわふわのやわらかい髪を撫でられた。

それと同時に、ヴァイオレットのお腹がくうと小さな音を立てる。

(お腹鳴っちゃった)

「朝食の用意が必要ですね」

アンリメヒルはヴァイオレットを抱っこしたまま周囲を見回し、不満げに唇を尖らせた。

「もしかして、朝食の準備はこちらでしなければならないんですかね」

(あ……どうだろう)

孤児院にいた頃は、指定の時間に食堂へ向かえば食事にありつけた。だがこの城でどうすべきなのか、マティアスはなにも教えてくれていない。

「ワタシが思うに、お姫様は食堂に向かわないと思うんですよ。となると、朝食の時間にはメイドが食事を運んでくるものなのでは?」

(私が想像するお姫様の生活もそんな感じだよ)

同意を示したヴァイオレットのぷにぷにの頬を、アンリメヒルがつつく。

「小さなアナタにもわかることだというのに。まったく、あの人間には一から十まで説明しなければなりませんね。とても面倒ですが」

アンリメヒルが不満をこぼしていると、扉を叩く音がした。

「入るぞ」

ひと声かけた後にマティアスが現れる。その後ろには数人のメイドの姿があった。

朝食の用意をしに来たにしては数が多いように見える。だからか、彼らがなんのためにやってきたのか悟ったらしいアンリメヒルが眉根を寄せた。

「ワタシ以外の世話係は必要ないと言いませんでした?」

「この子はもう孤児ではない。私の娘であり、この国の王女でもある。今後は王族としての生活に慣れてもらわねばならん。いくら世話に慣れていようが、娘の世話係を男ひとりに任せられるか」

(たしかに)

まだマティアスに対する警戒を解いたわけではないが、その言葉には素直に同意を示す。

これまでだって恥ずかしさを感じる瞬間は多々あったのだ。といってもそれはアンリメヒルの距離の詰め方がおかしいのが原因であって、世話に関する問題はない。

アンリメヒルは食事の世話は積極的にやりたがったが、入浴や着替えといった行為は魔法で済ませた。

手を叩けば必要なことがすべて終わる……というわけではない。アンリメヒルが使う魔法は、錆色《さび》の人形をどこからともなく生み出すというものだ。人形たちはぎこちない動きながらも、ヴァイオレットの身体を清めたり、衣服を着せたり、下の世話をした。

そういうわけで彼ら――と呼んでいいかはわからないが――に助けられ、ヴァイオレットはほかの子どもとは違う生活を送っていたのである。

「この姿が気に入らないのでしたら、女の形になってもいいですよ。それなら満足でしょ？」

「そういう問題ではない」

「人間は見えるものにこだわりすぎです」

女性の姿になったアンリメヒルを想像するのはそれほど難しくなかった。

高身長と骨張った体格、そして艶のある低い声から男性と判断できるだけで、アンリメヒルが醸し出す雰囲気は中性的だ。

髪が長いからそう感じるというのはありそうだったが。

（人間のもとで生活するなら、メヒルがそれに合わせなきゃいけないんじゃないかな……？）

「アナタはワタシのかわいいビビですからね」

なんの回答にもなっていない。マティアスも同じように感じたらしく、あきれた様子でため息を吐いた。

「精霊とはこうも話が通じないものなのか」

ヴァイオレットはそうつぶやいたマティアスの影が不自然に揺れたのを見た。

最終的に、これまでアンリメヒルが魔法に任せていた作業はメイドたちが行うことになった。それがお互いの妥協点だったのである。

（メヒルとマティアスさんはとても相性がよくないんだと思う）

それほど長くない時間を過ごしたヴァイオレットもさすがにその事実に気がついていた。意見が対立しているのは仕方がないとして、そもそも性格的に合わないのだろう。

どこまで本心かわからない飄々とした言動を常とするアンリメヒルと、物事をはっきりさせたがるマティアスで噛み合うはずがなかった。

もっとも、アンリメヒルと相性のいい人間がいるとしたら、それはそれで不安だとヴァイオレットはひそかに思っている。

「せっかくですし、今日は城を散歩してみましょうか」

ヴァイオレットの食事を済ませたアンリメヒルが、先ほどよりは機嫌を直して言う。しかしそこにマティアスが割り込んだ。

「今日は私がこの子と過ごす予定だ」

「なんのために？」

アンリメヒルの声には冷たい皮肉が込められていた。利用するつもりの道具とひと時を共にする理由はないだろうと、その目が語っている。

「父親が娘と過ごすのに理由が必要か？」

ぴりっとした空気がふたりの間に流れるのを感じ、ヴァイオレットは苦い顔をした。互いに相手を挑発しているのは明白だ。そして一歩も引かない気でいる。

アンリメヒルもまた、マティアスが言外に込めた意味に気づいたらしい。一瞬、眉間に皺《しわ》を寄せるもすぐに嘲笑交じりの笑みを作った。

「ええ、普通は必要ないでしょうね。普通は」

そんなに〝普通〟を強調しなくてもいいだろうに、なんとも嫌みな言い方だった。

「もう少しそれらしい理由を作れば満足か。絆を深めるとでもなんとでも——そもそもお前の機嫌を取る理由もわからないが」

（ケンカしないで！）

せっかく散歩に行けると思ったのに、このままでは大人ふたりのケンカで一日が終わってしまう。そんなつまらない時間を過ごすのだけは嫌だった。

（今日はマティアスさんと過ごしてみたい。だってまだどんな人なのか全然わからないもん。だからお願い、メヒル。今度遊んであげるから）

『遊んであげる、とはおもしろい言い方をしますね。でもいいでしょう。たった一日譲ったところで、ワタシとビビの関係が変わるわけではありませんし』

ヴァイオレットはほっと息を吐いた。

もう少し早く気づいてもらいたいところだが、引いてくれただけありがたいと思ったほうがいいだろう。この男は気まぐれな一面も大いにある。今回は運がよかったのだ。

「ビビはケンカをしないでほしいそうですよ。アナタと過ごしてもいいと考えているようです」

意図は合っているが、言い方にはだいぶトゲがある。しかしヴァイオレットには自分の気持ちを正確に伝える手段がない。

「それはなによりだ。さっそく行こうか」

ヴァイオレットは、マティアスが自分を抱き上げるのをおとなしく受け入れた。

アンリメヒルと違って子どもを抱えるのに慣れていないからか、若干身体の位置が定まらなくて不安を覚える。それでもマティアスがヴァイオレットを落とすまいと気をつけているのは感じられたから、ひとまず信じてみることにした。


マティアスはヴァイオレットを抱きかかえ、庭園へと足を向けた。

緑の香りがする庭園へ一歩踏み出すと、素敵な景色が目に飛び込んでくる。

手入れの行き届いたそこは、まるで絵画に描かれたかのように美しく整備されていた。足もとに広がる緑は濃い緑から淡い緑へと色を変え、季節が駆け抜けた足跡が残されているのかと錯覚しそうになる。

花壇には色とりどりの花が咲いていた。どれも甘い香りを漂わせ、大人たちの子どもじみたケンカに悶《もん》々としていたヴァイオレットの心を慰めてくれる。

中心部には噴水と小さな池があった。小さいといっても、ヴァイオレットが溺れるに充分な広さと深さをしている。

清らかな水が断続的に池の水面を揺らし、波紋を広げるさまは見ていて飽きそうにない。ゆらゆらと揺れる水面の下にはどうやら魚がいるようで、ときどききらりとした姿が映った。鳥の鳴き声も、風が吹き抜ける音も、水が流れ落ちるひそやかな音も、どれもヴァイオレットを幸せな気持ちにさせてくれる。

（お城ってすごいんだなあ）

孤児院にいた頃もアンリメヒルは積極的にヴァイオレットを散歩に連れて行った。あまり遠くまでは行かなかったため、基本的に景色は変わらない。

青々とした草原に、季節によって違う表情を見せる野生の花々。

近くの村にある畑を見に行くこともあったが、ヴァイオレットにはあまりおもしろいものではなかった。収穫期までほど遠いため、大抵の景色が土だけだったからだ。

（お水、触りたい）

心の中でマティアスに話しかけるも、なんの反応もない。噴水のそばに黙ったまま立ち尽くしているだけだ。

（お水……）

片方の手でぎゅっとマティアスの胸をつかみ、もう片方の手を噴水に向かって一生懸命伸ばしてみる。それでも彼がなにもしてくれないのを見てから、念話ができない相手だというのを思い出した。

（メヒルだったら触らせてくれたのにな）

会話ができない、というひと時を久々に味わっている。考えが伝わらないもどかしさがこんなに不安を掻き立てるものだと、アンリメヒルと過ごしていた時には気づかなかった。

「あぅ」

（お水触りたい！）

頑張れば伝わるんじゃないかという思いが高じて、つい声が出る。

そこでようやくマティアスの視線がヴァイオレットに移った。

「どうした？」

「んま」

「……なに？」

「むぅ」

「もう少しなにか……ないのか」

「うぇあ、あぅあ」

噴水のきらきらした水がとても素敵だから触ってみたいのだと、ヴァイオレットなりに必死に伝えてみたつもりだ。

ちゃんと噴水に向けて手を伸ばしたし、そっちに行きたいという気持ちを込めて足をばたばたさせてもいる。

が、残念ながらマティアスは困ったように眉尻を下げていた。

「ティストナート、わかるか？」

ヴァイオレットがすぐアンリメヒルに頼るように、マティアスもティストナートに頼るらしい。名前を呼ばれたティストナートは、姿を見せることなく声だけ響かせた。

「わかりません。わかったとして、私が答えを告げるのは違うように思います」

「なぜだ。意思疎通ができるのならそのほうがいいだろう」

「主の無駄のない性格は好ましいと思っていますが、子どもと接する場合は過程を大切にすべきでは。ヴァイオレット様と親子としての時間を作るべきだ、と考えたのなら、結論を急ぐべきではないと考えます」

なんとも固い物言いだが、ティストナートの言うことは間違っていない。意外と話のわかる精霊なのかもしれないと、ヴァイオレットはティストナートへの印象を改めた。

（私も焦っちゃだめなんだ。メヒルがいてくれたらいいのに、って思い続けたらマティアスさんのことを一生理解できない気がする）

ヴァイオレットもまたティストナートの言葉を受け止め、改めてマティアスを見上げた。

「ぷぁう」

「……ああ、うん」

なにに対して相槌《あいづち》を打ったか、きっとマティアス本人もわかっていないに違いない。しかし彼もティストナートの助言を聞き、ヴァイオレットとの接し方を探っているのは伝わった。

「その調子です、主」

「お前、おもしろがっているんじゃないだろうな」

「いいえ。応援しています」

淡々と答えたティストナートはそれきり沈黙する。

また呼びかければ応えるのだろうが、それまでは主とその娘が理解し合う時間を邪魔してはならないと判断したらしい。

「ん、んむ、あぅ」

「ゆっくり頼む」

真面目な顔で言ったマティアスと目が合う。

（マティアスさんは、私とちゃんと向き合おうとしてくれてる）

明るい陽の下で見ると、恐ろしいと思った赤い瞳も怖くない気がした。

ヴァイオレットは手を伸ばし、ぺたりとマティアスの頬に触れてみる。

ヴァイオレットのやわらかい頬に比べると、肉の付き方に無駄がない。ひげが生えない体質なのか、成人男性にしてはかなり肌がなめらかだ。

（メヒル以外の人に触ったのは初めてかもしれない……）

ふとそんなことを考えたヴァイオレットは、気づくと夢中になってマティアスの感触をたしかめていた。

ぺたぺたと小さな手が何度も顔を触るのを、マティアスがどう思ったかは知らない。だが、不快ではないのか、ヴァイオレットの行動を止めようとはしなかった。

「あぅ、んー、まう」

「……楽しいか？」

「あい！」

その瞬間、マティアスがかすかに目を見開いた。

「やっと会話になったな」

（たしかに！）

ふたりにとって、これは間違いなく大きな一歩だった。

「なるほど、こうしていくものか。感謝する、ティストナート」

ティストナートは答えなかったが、マティアスの影がいつになく楽しそうに揺れる。

「問題はここからだな。さっきなにか伝えようとしていただろう。なんだ？」

「あぅえあ」

ヴァイオレットはマティアスの頬をつついてから、次に噴水のほうへ手を伸ばした。

（お水に触ってみたいの）

「……噴水か？」

思わずヴァイオレットはきゃあっと声を上げてしまった。

すぐにそんな自分を恥じるが、気にする前にマティアスの表情に意識を取られる。

「悪くない気分だ」

彼は微笑していた。そうすると恐ろしいと感じた雰囲気がぐっと優しくなる。

（そんな顔をするんだ……）

小さな感動を胸に、ヴァイオレットはマティアスをまじまじと見つめた。

正直に言うと苦手意識すら抱いていた相手が、今はちっとも怖くない。

それどころか、もっと目の前の相手を知ってみたい、理解したいという感情が込み上げる。

「噴水が気になるのはわかった。だが、あそこに行くには池に入る必要がある」

律儀に説明したマティアスが、ヴァイオレットの身体を傾けて池の縁を見せた。

「だから噴水のほうには行けない。あれは遠目から見て楽しむものだ。……わかるか？」

「んまぅ」

「わかった、ということにしておく」

（ちゃんとわかったよ！）

利用する旨を話した時といい、マティアスは一歳児だろうと対等に向き合う人物のようだ。

そうでなければこんなふうに説明しないだろう。

（なんだか不思議な気持ち。さっきまでよりもっとお庭がきれいに見える）

ヴァイオレットは首を動かし、改めて庭園の景色を見た。

右を見ても左を見ても、光の粒を散らしたようにきらきら輝いているように感じる。

城の庭園がヴァイオレットのお気に入りの場所として記憶された瞬間だった。

「きゃあ、きゃっ」

「どうした？　なにかおもしろいものでも見つけたか？」

はしゃいだヴァイオレットを見つめるマティアスの目が優しい。もっと理解し合いたくて、
ヴァイオレットはこくんと首を縦に振った。

すぐにマティアスが驚いた表情に変わる。

「言っている意味がわかったのか。聡《さと》いな」

思いがけず褒められたヴァイオレットはうれしくなった。

アンリメヒルはなにかとヴァイオレットを称賛するが、本人の性格の問題か、それとも言い方の問題か、いまいち素直に受け取りづらい。

その点、マティアスの言葉はまっすぐ胸に響く。

「だったら……どこまで理解できるかわからないが、言うだけ言っておく。お前がアンリメヒルを頼るのはわかるが、限度を学んだほうがいい。……実力を隠せるだけの力を持った精霊が、

契約もせず、あれほど過保護に尽くす状況ははっきり言って異常だ」

ヴァイオレットは首を傾げた。

(実力を隠すって?)

だが、残念ながらマティアスには伝わらない。

「甘えたくなるのも、甘えてしまうのも仕方のないことだとは思う。ただ……あれは精霊だ。人間の考えが及ぶ存在ではない」

(私は精霊に愛される体質なんだよね? だからメヒルはあそこまで……)

そう思いかけてから、ヴァイオレットは奇妙なむずがゆさを感じた。

(……違う。そういうのじゃない。……と思う)

「……ふぇ」

急に切なくなって、マティアスの胸に顔を押しつける。そうすると、とんとんと背中を撫でられた。ぎこちなくはあったが、たしかな優しさを感じる。

「泣くな。……傷つけるつもりはなかった」

「ぅあ」

「私は精霊術師だ。精霊についての知識は人並み以上にある。だからこそ不安になるのだろう。……アンリメヒルは私の知るどの精霊とも違う。人の姿をし、言葉を扱う時点でティストナートに近い力を持っているのだろうとは思うが」

泣きそうになったヴァイオレットの涙がふっと引っ込む。

普通の精霊ではないと感じていたのはヴァイオレットも同じだ。ヴァイオレットの知る精霊は動物に似た姿をしているものばかりで、アンリメヒルほど複雑な生き物はいなかった。

マティアスは実力を隠していると言った。精霊術師だからそれを感じ取れるのかもしれないし、同じ精霊のティストナートが教えたのかもしれない。

(……私もメヒルのこと、なんにも知らない)

不意にそう気づかされ、唇をきゅっと引き結ぶ。

「お前はこれから成長していくうちに、多くの出会いと別れを繰り返すだろう。そういうものに慣れるべきだ。精霊以上に、人間との交流を大切にしろ。……私のようになりたくなければ」

(なにかあったの……?)

知りたいと思うのに、質問する術がない。改めてもどかしさを感じ、ヴァイオレットは眉間に皺を寄せて足をばたばた動かした。

「それを考えると、お前は私とあまり変わらないな」

なにをどう考え、なぜ変わらないと判断したのかも質問できなくてもどかしい。

「むうう」

ヴァイオレットは小さく唸《うな》って、マティアスの胸に顔を押しつけた。

「……さっきから、一歳の子どもに話すようなことではないな」

その声が妙に寂しく聞こえ、ヴァイオレットは再び顔を上げる。

もう一度マティアスの顔に触ろうと手を伸ばしてから、考え直して宙にさまよわせる。

「なんだ?」

頼りなく宙にさまよわせていた手を触られ、反射的にその指を握り返してしまった。

なにが起きたか一瞬理解できなかったが、不意にマティアスがくっと喉を鳴らして笑う。

「人の指で遊ぶな。くすぐったいだろう」

(マティアスさんの笑った顔、好きだな)

自然とそんなふうに思い、ヴァイオレットもつられてきゃっと笑い声を上げた。

「どうせ遊ぶなら庭園にあるもので遊べ。噴水は無理だが」

マティアスが再び歩き始め、散歩を再開する。

庭園へ来た時よりもぐっと警戒心が薄れ、心地よい時間が流れるのがわかった。

しかし美しく整えられた花壇の前を通っている間、眠気を感じたヴァイオレットがまぶたを閉ざそうとした時だった。

がさり、と花壇の影でなにかが動く。

マティアスもそれに気づいたようで足を止めた。

(なんだろ……?)

なにかあればきっとティストナートが真っ先に反応するに違いない。そうでないなら危険なものではないと思いたいが、がさごそと動くそれはなかなか姿を見せなかった。

「あぅ」

「気になるのか？　私もだ」

音のするほうを見つめたまま、マティアスが言う。

（怖いもの？　それとも……）

その瞬間、ぴょこんと花壇からなにかふわふわしたものが飛び出した。

「精霊か」

マティアスが呟いたように、そこにいたのはウサギのような姿をした愛らしい精霊だった。

翼のような形をした長い耳をぴこぴこ動かし、不思議そうな顔をしている。

（……あ！）

ウサギの精霊が現れたのを皮切りに、あちこちから動物の姿を模した精霊たちが姿を現した。

リスや小鳥といった小さな精霊から、ヴァイオレットと同じかそれよりも少し大きい犬や猫、そして子熊のような精霊。

特に目を惹くのは、綿毛の塊にしか見えないふわふわの羊だ。見るからに触り心地のよさそうな毛に包まれており、くりっとした丸い目がかわいらしい。

彼らは皆、マティアスではなくヴァイオレットの様子を窺っていた。

今までどうやって隠れていたのか、草花の下や木の陰といった場所から顔を覗かせている。

「きゃあっ、きゃっ」

「はしゃぐな。落ちるぞ」

生まれ変わる前もこうした精霊たちに囲まれていたのを思い出し、ついつい夢中になって手足を動かしてしまった。

「精霊に会えてそんなにうれしいのか？」

「きゃっ、あぅ、んーー！」

「……悪いがわからん」

精霊に会えたから喜んでいるのか、単純に未知の生き物に遭遇して興奮しているのか、マティアスには判断がつかないのだろう。

ヴァイオレットがご機嫌に手足を振っていると、いつの間にかマティアスの足もとに精霊たちが集まっていた。

「少なくとも害のある精霊ではない。……わかっているから、そんなふうに喜んでいるのかもしれないが」

マティアスが慎重な手つきで花壇のそばにヴァイオレットを座らせた。

その瞬間、集まっていた精霊たちが思い思いに甘えた声を上げて一斉にすり寄る。

「きゃあーー！」

（わわわ、待って待って！）

あまりの勢いにころんとひっくり返りそうになるヴァイオレットだったが、後頭部が地面につく前にマティアスの大きな手が支えてくれた。

「この状況をどうすべきだと思う」

マティアスが自身の影に向かって問いかけると、ずっと黙っていたティストナートが答える。

「害はありません。愛し子に出会えてうれしいのでしょう」

「お前はこんなふうにならなかったと記憶しているが？」

「彼らは単純な精霊です。私はもう少し、複雑なのです」

淡々と返してから、ティストナートがさらに付け加えた。

「影の精霊である私に実体はありませんが、ヴァイオレット様を見て胸が熱くなったのは事実です。理由もなく、ただ愛おしいと感じました」

「前にこの子がルフス・エルスカかと聞いた時にそう答えればよかっただろう」

「答える暇がありませんでした」

ティストナートはマティアスが認めるだけの力を持った精霊のようだが、どうも融通のきかない一面があるらしい。

「まあいい。……愛おしい、か。今なら少しその気持ちがわかる気がする」

残念ながらヴァイオレットには、ふたりの話をのんびり聞いている余裕がなかった。

胸に思いきり飛び込んできたもふもふたちを受け止めるだけで、精一杯だったからである。

「ひゃう！」

（今、誰か舐めた！　誰！）

か弱い精霊たちは全身を使って一生懸命ヴァイオレットに甘えていた。出会えてどんなにうれしいか、言葉にせずとも充分すぎるほど伝わる。

「んみゃうみゃう」

「ぷぃぃ」

「むええ」

動物よりは雑音の少ない鳴き声がそこかしこから聞こえて、まるで大合唱だった。

マティアスはというと、しっちゃかめっちゃかにされているヴァイオレットを黙って見守っている。ただし、なにかあった時にすぐ対処できる距離を保っているようだった。

「もいもい」

（お顔がふわふわになっちゃうよー）

妙な鳴き声を上げる羊の精霊が、ヴァイオレットの顔に自身のふわふわの毛を押しつける。

「きゃっ、んむ、きゃあ」

くすぐったくてとても我慢できそうにない。精霊の鳴き声にヴァイオレットの楽しそうな声が混ざる。

ヴァイオレットが手を伸ばせば、精霊たちは我先にとその手のひらの下に潜り込もうとした。

小さな手で撫でられる精霊の数など限られているだろうに、それでも自分がその特権を味わおうと必死になっている。

おかげでヴァイオレットは忙しなく手を動かすことになった。

右手も左手も、顔も足も全部がふわふわもこもこで雲の上にいるような気分だった。

これが本当の動物であれば獣臭さもあっただろうに、精霊たちから漂うのはどこか懐かしさを感じさせる香りだ。

たとえばからりと晴れた気持ちのいい青空の匂い。

しんみりとした気持ちにさせる夕焼けの匂い。

露が落ちる静かな朝の清々しい匂い。

ひっそりと静まり返った星空の匂い。

ありとあらゆる香りがヴァイオレットを包み込む。

(この感じ、すごく懐かしい。前はここまでじゃなかったけど……)

生まれ変わる前も、こんなふうに精霊たちはヴァイオレットのもとへ集まった。

普通の精霊術師ならば契約しないようなか弱い力しかない精霊ばかりだが、彼らには温かな癒やしの力がある。

一匹の持つ力は小さくとも、集まれば大きな力になった。それを借りてヴァイオレットは生活していたのだ。

「ふええ」

急に泣きたくなってしまい、ヴァイオレットが声を震わせる。すぐにマティアスが動くが、その前に『泣かないで』とでも言うように精霊たちがヴァイオレットに寄り添った。

（あの頃一緒にいた子たちとは違うけど……また〝みんな〟に会えてうれしい……）

ぽふん、とヴァイオレットは近くにいた真っ黒い子犬に似た精霊に顔を埋めた。

少し毛が固くてちくちくしているが、それが無性に愛おしい。ぴんと挿したように伸びた尾が、ヴァイオレットに甘えられたからか勢いよく左右に揺れていた。

「城にこれほどの精霊たちが隠れているとは知らなかった。きっとお前に会いに隠れ場所から出てきたのだろうな」

マティアスがヴァイオレットのそばに膝をつく。小さなネズミのような精霊が踏まれまいと勢いよく走り抜けていった。

「ふぁう」

（そうだったらうれしいなあ）

「……精霊に愛されるから愛し子と呼ぶのかと思っていた。だが、精霊たちが一方的に愛しているわけではないんだな。お前も同じだけ彼らを愛おしく思っている。違うか？」

「ぇあ」

口で答えるだけでは足りない気がして、近くにいた子犬のような精霊を抱きしめる。いきなり小さな子に遠慮なく抱きつかれたのだから嫌がってもおかしくないだろうに、子犬の精霊はむしろそうされるのが光栄だとばかりに誇らしげな顔をしていた。

「……そうか」

マティアスの声が温かく響く。

ふと、ヴァイオレットは先ほどからずっとマティアスの表情がやわらかいことに気がついた。どう見ても口角が上がっている。

(ふわふわの精霊が好きなのかな……？)

少なくともティストナートはこういう触り心地ではないだろう。あの淡々とした話し方でふわふわもこもこだとは思いづらい。

(だったら……)

ヴァイオレットは羊に似た精霊の中で、一番大きな個体を引き寄せた。ヴァイオレットが背に乗れそうなほど大きく、ぼんやりと淡い光をまとっている。

(私だけがもふもふするのはもったいないから、マティアスさんも)

そっと羊を押し出すと、マティアスが不思議そうな顔をする。

「なんだ？」

(抱っこすると気持ちいいの！)

それを伝えようと、ヴァオレットは羊の精霊の毛並みに顔を埋めた。

ぽふん、と勢いよく顔を埋めては、またマティアスを見て同じことを繰り返す。

「……私にも同じ真似をしろと言っているのか？」

「あぅあ」

「……そうか」

マティアスは一瞬ためらった後、羊の精霊を抱き寄せて戸惑いながら顔を埋めた。

「まあ、悪いとは言わないが」

「ぇあ」

「……今は出てくるなよ、ティストナート」

「恥ずかしいから見るな、が正しい指示かと思います」

「意味を理解しているならかまわないだろう。余計なことは言わなくていい」

主人の命令を受け、忠実な影の精霊はおとなしく潜んでいた。ただ、一緒にこのひと時を楽しむように、ゆらゆらと影を揺らしている。

「この状況でお前をルフス・エルスカではないと言うのは難しいな。よくこれまで孤児院で騒ぎにならずに過ごせたものだ」

（みんな会いに来てくれなかったの……）

しゅんとしたヴァイオレットの手に、猫に似た精霊が頬を擦りつけた。

ヴァイオレットがぎゅっと抱きしめる姿も含めて愛らしい光景だったが、マティアスの表情が険しくなる。

「……孤児院に引き取られた理由は精霊による害があったからだ。おそらく今のように、害のあるものもないものも関係なく惹きつけられたのだろう。なぜ、孤児院にいる間はなにも起きなかった……?」

(私にもわからないよ。でもまたみんなと一緒に遊べるならうれしいな)

ふわふわに埋もれながら、ヴァイオレットはうれしそうに目を閉じる。

穏やかな表情につられたのか、険しかったマティアスの表情が少し緩んだ。

(また明日もその次も一緒がいい。メヒルといる時はこんなふうにならなかったのにな。マティアスさんと一緒にいると、精霊たちが遊びに来てくれる……?)

わからないながらも、ひとまず今のこの幸せを堪能する。時間を忘れて遊ぶヴァイオレットを、マティアスはいつまでも眺めていた。


やがて昼が近づいてきた頃、ヴァイオレットははっと毛玉の塊から顔を上げた。

(私、どのくらいこうしてた……?)

周囲を見回すと、マティアスの姿がある。どうやら彼はずっと付き合ってくれていたようだった。その姿を見て、ヴァイオレットはまた少しマティアスに対する考えを改める。

(王子様なら、きっとすごく忙しいんだよね。だけどずっと付き合ってくれたんだ。……いい

人だな、マティアスさんって）

散歩に付き合ってくれただけでなく、ヴァイオレットを理解しようともしてくれた。精霊たちと遊んでいる間も邪魔をせず、むしろ一緒にふわふわを堪能してくれたのだ。

（私からもなにかできたらいいのにな）

今日、ヴァイオレットはマティアスにしてもらってばかりだった。自分だけなにもしないというのは落ち着かず、逡巡《しゅんじゅん》する。

「もいもい」

気の抜ける愛らしい声が聞こえ、ヴァイオレットは精霊たちを見た。そしてはっとする。

（もし、前の私のようにできるなら……）

意識を集中させ、精霊たちに向けて小さな祈りを込める。

（みんな、お願いがあるの）

アンリメヒルと違い、精霊たちは言葉で反応しない。

その代わり、ヴァイオレットの意図を理解しようと、じっと見つめてきた。

どうやら声を使わなくても意思の疎通はできるらしいと判断し、頭の中であれこれと思い浮かべる。

（そこにいる人がわかる？　今日、たくさん優しくしてもらったの。だからお礼をしたいんだけど……）

毛の長いまん丸のネズミがちょこちょことヴァイオレットに近づき、そっとなにかを差し出した。それは花壇に散った花弁だった。傷や汚れもなく、最も美しい時に時間を止めたかのように見える。

（いいね！　マティアスさんにいっぱいあげたら喜んでくれるかも！）

「ぷあぁ」

「むよむよ」

「ふぁふっ」

ヴァイオレットの思いつきに賛同してか、精霊たちが楽しそうに鳴く。

（じゃあ、みんなで集めて！　いっぱいがいい！）

お願いした瞬間、精霊たちがわっと辺りに散る。

「急にどうしたんだ」

今の今まで穏やかだった精霊たちの、突然の行動に驚いたのか、マティアスが警戒を示した。

（今の、ティストナートにも伝わってるのかな？　聞こえてたらお返事してください！）

もしかしたらと期待を込めて呼びかけるが、ティストナートからの応えはない。

（契約してる精霊には聞こえないとか……？）

力の強い精霊であればあるほどやれることの範囲が広がるのを考えると、弱い精霊たちに通じて、ティストナートに通じない理由はそれくらいしか思いつかない。

アンリメヒルも誰とも契約していない精霊のはずだから、理由に納得はいく。

(マティアスさんとお話できると思ったのになあ。……それとも、直接ふたりで話すべきですってこと？)

マティアスにはそう言っていたが、ヴァイオレットにまでそう思っているかはわからない。

ちょっぴり残念な気持ちになっていると、いつの間にか精霊たちがマティアスの足もとに花弁の山を作っていた。

「……なにをしている？」

(あっ、もうちょっと待って……！)

明らかに精霊たちは意思を持って動いており、花弁を集めている。統率が取れた動きにマティアスが違和感を抱かないはずがなく、訝しげに眉根を寄せていた。

やがて仕事を終えた精霊たちが、この後のことを見守るようにマティアスとヴァイオレットを円で囲む。

最後の一枚と思われる花弁を持ってきたのは、最初にヴァイオレットに花弁を差し出したネズミの精霊だった。

(みんな、ありがとう！　こんなにいっぱいあるなんてすごく素敵だね！)

ぱちぱちとヴァイオレットが手を叩くと、マティアスはやっと状況を悟ったらしかった。

「お前がやらせたのか？　なんのために？」

贈り物だと伝えたいが、どうすれば伝わるかわからない。

ヴァイオレットは悩んだ末に小さな手の中に花弁を集めた。それをぱっと散らし、マティアスを見る。

「なるほど、きれいだな」

マティアスはそう言うと、精霊たちがかき集めた花弁をつまんでヴァイオレットの頭の上に散らした。

（わあ！　きれい！　お花の精霊になったみたい！）

楽しくなったヴァイオレットが声を上げると、マティアスの目尻が少し下がる。

「こういう時間の過ごし方も悪くはない」

心からそう思っているのが感じ取れるひと言に、ヴァイオレットは温かい気持ちが芽生えるのを感じた。

（言葉はまだ通じないかもしれないけど、気持ちが通じてたらいいな）

マティアスはヴァイオレットを利用するために引き取ったと言ったが、道具としてしか見ていないのなら、今のひと時を共有しようとしなかっただろう。

だからヴァイオレットは、期待した。

（マティアスさんには目的があって、私は利用するための娘かもしれない。だけど今日みたいな時間をいっぱい過ごしたら……家族になれるかも）

遠ざかったと思った憧れがぼんやりと形を作ってヴァイオレットを誘う。

マティアスとアンリメヒルと、ティストナートや精霊たちと温かな家族を作れたらきっと幸せに違いなかった。

（また一緒にお散歩しなきゃ！）

張り切ったヴァイオレットが腕を振ったはずみに、勢いよく花弁が舞う。

そんなヴァイオレットを見つめるマティアスの眼差しは、ふたりの時間を過ごす前よりも穏やかだった。


その後もしばらくヴァイオレットは精霊たちと楽しく遊んでいた。

そこにひゅっと風が吹いたかと思うと、あれだけいたはずの精霊たちが一様に怯え、煙のように消えてしまう。

「実に騒がしい」

やけに硬質な靴音とともに、アンリメヒルの声が響いた。

声のほうを見たヴァイオレットは、アンリメヒルの表情のない顔を見てすべてを理解する。

（今までみんなが会いに来なかったのは……メヒルが原因なの？）

そうでなければ、精霊たちが一瞬で消えるわけがない。

こくりと息を呑んだヴァイオレットには気づかず、マティアスがアンリメヒルを見て言う。

「なにをしに来た？」

「そろそろ昼食の時間なので、ビビを呼びに」

いつもの飄々とした口調に聞こえるが、温度がなかった。

ヴァイオレットがびくりと肩を震わせると、マティアスの眼差しが鋭くなる。

「お前が来た瞬間、精霊たちが逃げ出した。なぜだ？」

「アナタの趣味は〝質問〟ですか？　いつもワタシに聞いてばかり。あまり楽しい趣味とは思えませんね」

「答えられないのならそれでもかまわないが、ヴァイオレットは知りたがるだろうな」

マティアスはヴァイオレットが精霊と遊ぶ時間を心から楽しんでいたのを知っている。

だからそんなふうに言ったのだろうが、実際、ヴァイオレットは真実を求めていた。

ふたり分の視線を受けたアンリメヒルは、煩わしそうに肩をすくめて皮肉っぽい苦笑を浮かべる。

「臭いがつきますから、ビビに近づくのはご遠慮いただいているんです」

（みんなを追い払っていたの……？）

「だってうるさいでしょ？」

アンリメヒルは小さくか弱い精霊たちのなにもかもが気に入らない様子だった。

先ほどまで賑わっていた花壇を見る目がひどく冷たい。

（もうそんなことしな――）

「ヴァイオレットは望んでいない。今後は控えてやれ」

（え……）

ヴァイオレットがお願いする前に、マティアスが言ってくれる。自分が言わなければならないと思っていたヴァイオレットは、素直に驚いた。

ほんのひと時をともに過ごしただけで、マティアスはヴァイオレットの気持ちをわかってくれている。

代わりに苦言を呈してくれたことへの驚きとうれしさで、ヴァイオレットの胸がじんわりと熱くなった。

「ビビ、アナタはどうしてほしいんです？」

（……私ももっとみんなと遊びたい。追い払うなんてかわいそうだよ）

「そうですか。では、アナタが望むように」

表情の変化はないが、おそらくアンリメヒルが気に入る答えではなかっただろう。

それでも聞き入れてくれたことにほっとする。

「よかったな」

マティアスに優しく言われ、ヴァイオレットはこくんとうなずいた。

アンリメヒルが味方になってくれない時も、マティアスは味方でいてくれるのかもしれないという期待が芽生える。

それは、これまで世界のすべてがアンリメヒルと自分だけで回っていたヴァイオレットにとって、見えているものが大きく変わったと思うほどの衝撃だった。

アンリメヒルに頼りすぎず、人間との交流を大切にしろと言ったマティアスの言葉が今になって染みる。

（メヒル、怒ってる？）

『いいえ？』

すぐに返事があったことに安堵《あんど》するが、いつものアンリメヒルならもう少し言葉を尽くすはずだ。それをしないのは、やはり不満を抱えているからだろう。

マティアスとそうしたように分かり合う時間が必要だと判断し、ヴァイオレットは機嫌を損ねたアンリメヒルに近づこうとした。

地面に両の手のひらを押しつけ、ぺたぺたと這う。

「こら、そこは地面だ」

「帰ったらお風呂ですね」

ふたりが同時に言うのを聞き、ヴァイオレットはきょとんとした。その場にぺたんと座って自分の手のひらを見ると、土がついて汚れている。

「ふぇぇ」

（手が汚くなっちゃったあ）

「ワタシのかわいいお馬鹿さん。すぐきれいにしてあげますからね」

ひょい、と慣れた手つきでアンリメヒルに抱き上げられたヴァイオレットは、とんとんと背中を優しく叩かれてますます泣きたくなった。

（メヒルが、怒ったのかと、思った、からぁ）

『怒っていないと言いましたでしょ』

自分の手が汚れているのも忘れ、ヴァイオレットはアンリメヒルにしがみついて顔を押しつけた。

「ビビはワタシが好きですって」

「汚れを拭いているだけじゃないのか？」

「ヒトを手拭き扱いしないでください。ビビ、ワタシよりそっちのほうがきれいな布ですよ」

「私で拭きたいのなら好きにすればいい。いくらでも新しいものを用意する」

「こういう王族にだけはならないように、きちんと教育しなければいけませんね」

（ケンカやだ！）

ヴァイオレットが文句を言うと、少なくともアンリメヒルは黙った。

しかし念話が通じないマティアスは違う。

「他人に誇れるほどの教育がお前にできるとは思わないが？」

「はいはいそうですね。ビビがケンカはやめてほしいと言っていますよ」

「お前が勝手に言っているのではないと、どう判断する？」

「しつこい人間ですね。うるさいです」

結局アンリメヒルも売り言葉に買い言葉で乗っかり、ちくちくと反論する。

それを聞きながら、ヴァイオレットは心の底から思った。

（早く話せるようになりたい！）

意外に大人げないマティアスと、いちいち嫌みっぽいアンリメヒルのささやかな口論は部屋に戻るまで続いたのだった。


その後、土で汚れた身体をきれいにしてもらったヴァイオレットは、ベッドの上でごろんと転がっていた。マティアスは仕事があるようで、部屋にいるのはアンリメヒルだけだ。

（あのね、ルフス・エルスカがどういうものなのかちょっとわかったよ。昔もそうだったのかわかんないけど、みんなが集まってくるのも、助けてくれるのも同じだったから、そうだったのかも）

「アナタは昔のことをどこまで覚えているんです？」

ヴァイオレットは悩んだ末に、自分がわかる範囲のすべてを伝えた。

特に隠す必要のないことだし、人間ではないアンリメヒルにならば言ってもいいような気がしたからだ。

孤独に生まれ、孤独に生き、そして孤独に死んだ前世のヴァイオレット。彼女は精霊を愛し、精霊に愛されたが、最後まで家族を手に入れることはできなかった。

ひと通り話した後、アンリメヒルはふっと鼻を鳴らして言う。

「今の身体を手に入れたのは、精霊たちのおかげですね」

（どういうこと？）

「アナタは特に癒やしの力を持つ精霊に好かれるようです。昔のアナタの死を知った精霊たちは、その力を使って新しい生を贈ったのでしょう」

（そんなことがあるの……？）

死した者に新しい命を与える魔法など、どんな精霊だろうと使えるはずがない。

「ありませんよ。でもアナタはルフス・エルスカで、偶然癒やしの精霊に好かれていた。奇跡を起こす条件は整っているように思います」

きっともう二度と会うことがかなわないかつての友人たちを想い、ヴァイオレットは泣きそうになった。

彼らは家族にこそならなかったが、それでもヴァイオレットを愛してくれた。ここまでしてくれるほどの愛情を返せていたか自信はない。

もう返せないに違いない相手だからこそ、新しい出会いを大切にしたいと強く思った。

（……教えてくれてありがと――）

「もったいないですね」

感謝の言葉を伝えようとしたヴァイオレットに、アンリメヒルが乾いた声で言う。

（もったいない？）

「そのおかげで今、アナタと巡り合えたのだからよしとしましょうか」

精霊たちに対する切なくも温かな気持ちを抱いた直後だったからこそ、余計に背筋がひやりとする。アンリメヒルのこういうところは、いまだにヴァイオレットにも理解できなかった。

（……あなたは私と契約したいんだよね）

「そうですね、します？」

（ううん、しない）

マティアスはああ言ったが、やはりヴァイオレットにとってアンリメヒルはかけがえのない特別な精霊だ。だからこそ、今の関係のままでいたいと思ってしまう。

（でも、ちょっと思ったの。みんなを追い払ったのは、契約のため……？）

恐る恐る聞くも、明確な答えはもらえないだろうという予感がある。

これまでアンリメヒルは自身に関係する多くの質問を誤魔化した。これもそのうちのひとつのように思える。

アンリメヒルはしばらく黙った後、シーツの上で仰向けになって足をばたつかせるヴァイオレットの鼻をつまんだ。

「アナタにとって必要なのはワタシだけでいいんです。一途でかわいいでしょ?」

答えになっているような、なっていないような、絶妙な塩梅《あんばい》だった。

少なくともヴァイオレットが望んだ答えではなかったから、今回もまた誤魔化されたといっていいだろう。

(かわいいっていうのは、ふわふわのことを言うんだよ)

「わかりました。ふわふわを研究しておきます」

どこまで本気なのかわからなかったが、ヴァイオレットはいつもの空気に戻ったことに安堵して笑った。

(私がマティアスさんとお散歩してる時、メヒルはなにをしてたの?)

なにげなく尋ねると、アンリメヒルが隣に身体を横たえる。そしてヴァイオレットの小さな身体を抱き寄せ、ぷにぷにの頬をつついた。

『アナタの新しい父親について調べてきました』

(……マティアスさんのこと?)

思いがけず不穏な返答をもらい、ヴァイオレットの瞳に戸惑いが浮かぶ。

『気になっていたんですよね。なぜ王族だというのに首都ではなくこの城に住んでいるのか。先王の唯一の後継者でありながら、なぜ王位についていないのか』

（……どうしてだったの？）

本人のいないところで聞いていいのだろうかという思いはあるが、それ以上に知りたい気持ちを抑えられなかった。

マティアスと交流を深めなければ踏み込まなかったかもしれないが、今はもっと彼について知りたいと思ってしまっている。

『この国の現在の国王は、先王の弟だそうです。つまりあの人の叔父にあたるわけですね。どうも王位を奪われてしまったようですよ。かわいそうに』

アンリメヒルは楽しそうだった。しかしヴァイオレットは胸がずきずきするのを感じて顔をしかめる。

（助けてあげられないかなあ）

『あ、そうきます？　そこは一緒に笑ってほしかったんですが』

（笑えないよ！）

家族を亡くしただけでなく、残った家族に裏切られているのだと思うと、悲しい気持ちが込み上げてくる。

『アナタは利用されているんですよ』

（……わかってるもん）

それでも仲良くなりたいと、ついさっき思ったばかりだ。

（もし家族のことで悩んでるなら、力になりたいよ）

まだマティアスと過ごした時間は少ないが、彼に非があって王位を奪われたわけではないだろうと容易に想像できる。

（私の力が必要なのは、王様になるためかな？　どうやって使うつもりかわからないけど……メヒルは知ってる？　ルフス・エルスカのすごい力。マティアスさんに貸してあげられたらいいのに……）

『アナタがアナタでいるだけで、ワタシには特別で素晴らしいことですよ』

答えになっていない回答は、ほんの少し素っ気ない。どうやらマティアス贔屓《びいき》の発言はアンリメヒルの機嫌を損ねるようだ。

（また怒ってる！）

『怒ってないです。イラッとしただけです』

（えっ）

『ワタシのほうがもっとアナタをかわいいと思っていますからね。忘れないでください』

アンリメヒルはくつくつ喉を鳴らして笑うと、ヴァイオレットのやわらかい頬をぎゅっと左右に引っ張った。

痛いの痛いの飛んでいけ

夜の帳《とばり》が静かに降りる頃、眠りが深いはずのヴァイオレットはぱちりと目を覚ました。

横になったまま首だけを扉のほうへ向けると、廊下からなにやら慌ただしい足音や人々の声が聞こえてくる。

(なにかあったのかな)

「そうかもしれませんねぇ」

宵闇に紛れていたアンリメヒルがゆるりと姿を見せる。

どこに潜んでいたのかまったく気配を感じさせなかったが、これまでにも何度かこういう経験をしていたヴァイオレットは驚かなかった。

「でもアナタは眠る時間でしょ」

(このままじゃ気になって眠れないよ。なにがあったのか見てきてくれる?)

「契約してくれたら考えます」

まるで息をするように言われ、ヴァイオレットは暗闇の中で顔をしかめた。

(じゃあ自分で見に行くから、外に連れて行って)

「最近、ワタシの話を聞き流すようになりましたね。反抗期ですか?」

あきれたように言いながらも、アンリメヒルはヴァイオレットを抱き上げた。そして扉の外に向かい、騒ぎが起きているらしいエントランスへと向かう。

そこは大騒ぎだった。

羊の姿をした精霊たちがふわふわと頼りなげに歩いており、彼らと契約しているらしい精霊術師たちが右へ左へと駆け回っている。

メイドや使用人たちも集まってなにやら騒いでいるようだ。

（なに……？）

羊の精霊たちと契約する術師は少ないのだと思っていた。しかし精霊術師たちは忙しなく彼らになにやら指示を出し、精霊たちも応えるようにふわふわの毛を薄青く発光させている。

彼らは癒やしの力を持つ。とはいっても小さな怪我を治したり、どこかにぶつけた痛みを取る程度のものだ。数が集まればその分力が増幅されるが、基本的には気休めだといっていい。

そんな彼らが精霊術師とともに力を尽くしている。

ひどく不吉な予感がしたヴァイオレットは、急かすようにアンリメヒルの胸もとを引っ張った。早く状況を知りたくてたまらないが、肝心のアンリメヒルは興味深そうに慌ただしく動き回る人間と精霊を見ている。

『……ああ、なるほど』

（なに？）

『どうやら多くの人間が傷ついているようですね』

それは癒やしの力を持つ精霊が力を使っている姿から想像できるが、アンリメヒルの表情を見る限り、違うところから推測したようだった。

ぎゅ、とヴァイオレットが再びアンリメヒルの服をつかんで引っ張る。それを受けて、アンリメヒルは歩き始めた。どこへ行けば求めている情報が手に入るのか、わかっているのかと思うほど迷いがない。

エントランスを出ると、外にも人の姿が複数あった。漏れ聞こえる声の切実さから、緊急事態だというのが窺える。

『精霊の討伐任務に失敗した、というところでしょうか』

断片的な言葉の端々から予想したのか、アンリメヒルがヴァイオレットに話しかける。

（討伐任務なんてあるんだ……。悪い精霊ってこと？）

『人間にとって、を付け加えたほうが、より正確だと思いますよ』

なんにせよ、人間に害をなす精霊を討伐する仕事があるらしい。ここで騒がれているなら、その任務を引き受けたのは城に常駐している騎士団なのだろう。

それはつまり、城で訓練を受けているような騎士や兵士たちでなければ対応できない相手だということになる。

（マティアスさんは大丈夫かな）

急に不安が込み上げて、ヴァイオレットは心配そうにアンリメヒルに尋ねた。

『任務に同行するほど暇な人間だとは思いませんね。仮にも王子ですし。……アナタの寝顔を覗きに来る時間は作っているようですが』

付け加えられたひと言は気になるが、今は後にする。

(怪我をしていないとしても、きっと今大変だよね？)

城の主たるマティアスがこの状況で呑気に寝ているとは考えづらい。

(マティアスさんのところに行きたい。お手伝いできることがあるかも)

『いいように使われていますねえ、ワタシも』

そうは言うものの、アンリメヒルはヴァイオレットの願いを拒まなかった。

救護活動のためか、奔走する人々と精霊の間を縫ってアンリメヒルは悠々と歩く。不思議とヴァイオレットを抱いたアンリメヒルを気にかける者はいなかった。

それどころではないのかもしれないし、かつて孤児院でそうだったようにアンリメヒルがなんらかの手段を講じているのかもしれない。

やがて城の敷地内にある兵舎にたどり着いた。

ここが目的地なのだとはっきりわかるほどに慌ただしく人が行き交っている。同時に、先ほどはなかった沈鬱な空気も漂っていた。

(みんな、大丈夫かな)

『名前も知らない人間を心配してあげるなんて優しいですね』

兵舎に入ると、騎士や兵士たちが傷だらけで倒れている。

もうその場から動けない状態なのは明らかだった。

（……嫌な臭いがするね）

『そうですか？　ただの血の匂いですよ』

精霊と人間では感じ方が違うのだろうかと、ヴァイオレットはつい顔をしかめる。

むせ返るような血の香りは気持ちのいいものではない。そこに人々の苦しげな呻《うめ》き声が混ざるからなおさらだ。

（怖い）

ほとんど無意識にそう思ったヴァイオレットが、アンリメヒルの胸に顔を押しつける。

彼らはよほど強力な精霊と対峙《たいじ》したのだろう。そうでなければ、こんなにも大勢が傷つき、苦しむはずがない。

『いましたよ』

後頭部を撫でられながら言われ、アンリメヒルの示すほうを見る。

室内の端には兵士たちに指示を出すマティアスの姿があった。

（マティアスさんは元気そう？　怪我してない？）

『ご自分の目でたしかめては？』

渋々といった様子ながらも、アンリメヒルはちゃんとマティアスのもとへヴァイオレットを連れて行った。

こちらに気づかないでいるマティアスの横顔はひどく張り詰めている。普段と変わらない冷静さの陰には、怒りや悔しさといった感情がにじんでいた。

指示を出し終えたところを見計らい、アンリメヒルが声をかける。

「大変そうですねえ」

「……お前か」

ふたりに気づいたマティアスがつぶやくように言った。

「なんのためにヴァイオレットを連れてきた？」

「アナタを心配しているようなので」

微妙に噛み合っていないが、一応答えにはなっている。

ヴァイオレットはアンリメヒルの言葉に間違いがないことを示し、マティアスに向かってこくこくと首を振った。

（大丈夫か聞いて！）

「なにが起きたのか、どういった被害状況なのかを知りたがっていますね」

「本当にヴァイオレットが知りたがっているのか？　お前ではなく？」

「興味がないわけではありませんよ。どれほどの力を持った精霊を相手にしたか、ぜひ聞きたいものです」

「精霊による被害だ、ということは知っているわけだな」

壁に背をもたれさせ、マティアスが息を吐く。

ふとヴァイオレットは違和感に気がついた。マティアスの影がない。燭台に照らされたヴァイオレットにもアンリメヒルにもあるのに、だ。

「領地内の森に、以前から大型の精霊の目撃情報があった。鋼のうろこを持つ、巨大な猪に似た精霊だ。……再三、議会のほうに対処するよう言ってきたが後回しにされ続けてな。近隣の村に被害が出始めたと聞いて、独断で動いた結果がこれだ」

ヴァイオレットは無意識に自分の胸もとをぎゅっとつかんでいた。

「ティストナートが間に合わなければ、この半分も戻ってこられなかっただろう」

危険な精霊への対処を決行したことが間違っているとは思わない。

村に被害が出始めたなら、ほうっておくわけにはいかなかっただろう。本来、対応すべき議会が機能していなかったのだから、傷つく民が現れる前に行動したのは英断だといえる。

しかしマティアスは自分の判断を悔やんでいるように見えた。

「ここまでアナタたちを追い込んだ精霊は？」

「逃げた。あと一歩のところだったんだが、傷ついた者たちを優先した」

だからこんなにも無念そうなのだとヴァイオレットは理解した。

「なるほど、いいことを聞きました」

それを冗談だと受け取ったのか、マティアスが渋い顔をする。

「今、ティストナートに取り残された者の救助を任せている。お前に頼むことはない」

「ご心配なく。頼まれても手伝うつもりはありません」

（そんなこと言わないで）

マティアスに影がない理由は、ティストナートがこの場を離れているからだと知る。

ほかの精霊と契約した話は聞かないから、今のマティアスは非常に無防備だ。

王族にあるまじき状態だが、自身の安全と引き換えにしてでも救助を優先させる姿は、民に尽くす国王たる資質を感じさせた。

「ヴァイオレットを連れて部屋に戻れ。私を心配する必要はない」

付け加えられた言葉はヴァイオレットに向けられたものだった。

言葉は厳しいが、眼差しは優しい。それがヴァイオレットの胸を締めつける。

（私、なにかできないかな？）

マティアスは傷ついている。民のためとはいえ、部下たちを負傷させて苦しめている責任を強く感じて。

『いい子ですね、ビビ。でもアナタは自分で立って歩くこともままならないでしょ？』

（だけどこんなの知っちゃったら……）

その時、ぽてぽてと場違いなくらい呑気な足音を立てて、羊の精霊が人々の間を通り抜けていった。

(そうだ、みんなの力を借りられないかな?)

前世、ヴァイオレットは精霊の力を借りて人々を癒やしたことがあった。その力は最終的にヴァイオレットを買った貴族に独占されてしまったが、今は違う。

(もう契約しちゃってる子は難しいかもしれないけど、ここにはほかにもいっぱいいるでしょ? そういう子たちにお願いしたら、みんなの怪我を治せないかな?)

『食後のおやつにもならない有象無象になにができます?』

(いろんなことができるよ! 知ってるもん)

かつてできたことが今も同じようにできるかはわからないが、このまま部屋に戻って寝るのだけは嫌だった。

ヴァイオレットは自分の思いつきを試すべく、小さな手をぎゅっと重ね合わせて目を閉じる。

祈るようなその姿を、アンリメヒルはどこか冷ややかな目で見つめていた。

(みんな、聞こえる? もしよかったら、力を貸してほしいの)

以前、庭園で出会った多くの精霊たちを思い浮かべる。

(傷ついた人がいっぱいだから……お願い)

強い気持ちを胸に祈り、奇跡を願う。前世と今のふたつの人生で、ヴァイオレットに寄り添ってくれた精霊たちを信じ、声が届くよう祈った。

しばらく、なんの反応もなかった。

だめだろうかと諦めかけたその時、突然、室内にぽわんと温かな光が浮かび上がる。

「なにが起きている？」

マティアスが腰の剣に手を添えて警戒を示すが、すぐに気を削がれる羽目になった。

やわらかく温かな光の中心から、ぽんと羊の精霊が現れて床に落ちる。

「ふあぁ！」

（来てくれた！）

思わず声を上げたヴァイオレットだったが、現れた精霊は一体だけではなかった。

光の中から現れる精霊もいれば、どこからともなく集まった精霊もいる。どれもこれも愛らしい動物の姿を模していた。

リスやふわふわのウサギ。見るからに触り心地がよさそうな猫、そして最初に姿を見せた羊の仲間たち。子犬や子熊に、真っ白なイタチやハリネズミと多種多様だ。

さっきまではなにもなかったはずの部屋の隅からも真ん丸の黒い鳥が顔を覗かせる。

くるんと巻いた尾羽を左右に振りながら、黒い鳥はちょこちょこと傷ついた人々のもとへ向かった。

「ひっ……な、なんだ？」

精霊に傷つけられた彼らが、謎の精霊たちに囲まれて不安を覚えないはずがない。

あちこちから戸惑いと恐れが入り混じった悲鳴が上がる。

しかし次の瞬間、恐れの声は驚きに変わった。

「おい、傷が……」

「どうなってるんだ、痛みがなくなったぞ」

傷ついた者たちが目を見開き、精霊たちによって癒やされていく傷の様子に困惑する。

ある精霊は血を止め、また別の精霊が裂かれてぱっくりと開いた傷をくっつけていく。彼らはそれぞれの得意分野を存分に発揮して治療にあたっていた。

今や、部屋はふわふわもふもふの精霊たちと、彼らが発する癒やしの光に包まれていた。

さっきまでは痛みに苦しむ声でいっぱいだったのに、今は感嘆や驚き、感謝と安堵で涙ぐむ声で満ちている。

(見て、みんなお手伝いしてくれた！)

『……そのようで』

うさんくさい笑みを消したアンリメヒルが、せっせと働く精霊たちを見つめて答える。

(よかった……。これできっと痛くないよね？)

願いを聞いてもらえた喜びと、惜しみなく手を貸してくれた精霊たちへの感謝が溢れる。

一部始終を見ていたマティアスが、はっと現実に戻ったように息を吐いたのが聞こえた。

「精霊たちに花弁を集めさせているところは見たが、契約していなくともその力を引き出すことができるのか」

低い声には驚き以外に困惑が見え隠れしている。

ヴァイオレットが特別な子どもだとわかってはいたが、これほどの力を持っているとは思わなかった——と顔に書いてあった。

(痛いのも苦しいのも、悲しいのも嫌だよ。……力になりたかったの)

ことんとヴァイオレットがアンリメヒルの胸に顔をもたれさせる。

(マティアスさんはいい人だから……)

こうしてヴァイオレットが精霊たちにお願いしようと思えたのも、マティアスが一緒に散歩をしてくれたからだ。

彼らをひそかに追い払っていたアンリメヒルを諭し、楽しく遊べるよう提言してくれたのもマティアスだった。

「……感謝する」

ヴァイオレットと目線を合わせるように屈んだマティアスが言う。

「このままでは死ぬだけだった者も救われた。腕を切らねばならないと諦めていた者もいたが、お前のおかげできっとよくなっただろう」

「ふぁう」

「精霊たちの力を借りたのは、お前自身の判断だな？」

「あう」

　こくんとヴァイオレットが首を縦に振る。

「そうか。……お前は優しくて賢いな」

「言ったでしょ？　ビビは賢くてかわいらしいと」

　黙っていたアンリメヒルが口を挟む。

「これもワタシがかわいがって育てたおかげです」

「これからはより賢く育つだろう。私が育てるのだから」

「アナタはビビを育てるためのお金だけ出していればいいんですよ」

「そういうわけにいくか。この子は私の娘だ」

　どくんとヴァイオレットの心臓が音を立てた。

　これまでもマティアスがヴァイオレットを養子だと言うことはあったが、そのどれとも違う温かさを声の響きから感じ取る。

「嫌ですねえ、人間って。ビビが役に立つと知って露骨に態度を変えないでください」

「……あなたが知らないだけで、主は普段からこうですよ」

　ゆらりとマティアスの足もとから黒い影が立ち上る。いつの間にかティストナートが帰ってきたようだった。

「よくヴァイオレット様の話をしています。先日、ヴァイオレット様はご自分の手を使ってパンを食べましたね。あの後、『もしかしたらあの子は天才かもしれない』と――」

「私を主と呼ぶなら、お前にしか話していないことを明かすな」

苦笑したマティアスが腕を組んでふっと息を吐く。

「主と呼ぶからこそ、誤解を解く必要があると判断しました」

「しなくていい」

真面目すぎるティストナートにあきれているのは間違いなかった。

さっきまでの緊迫した空気がいつの間にかすっかりなくなっている。それはヴァイオレットの周りにいる彼らだけの話ではなく、兵舎すべてがそうだった。

「ヴァイオレット」

マティアスがヴァイオレットに顔を寄せ、やわらかな頬に口づけをした。そんなふうに触れられたのも初めてだったヴァイオレットが、きゃっと小さな声を上げる。

「ルフス・エルスカについてはわからないことのほうが多いが、あれだけの精霊を使役して疲れていないということはないだろう。後は私に任せて、もう休みなさい」

「ふあう」

きっとこの後のほうが大変だろう。なぜ突然精霊たちが集まり、人々を癒やしたのかの説明だって必要に違いない。

（マティアスさんも早くねんねしなきゃだめだよ）

ヴァイオレットが手を伸ばしてマティアスの指をきゅっと握る。

「ワタシの指のほうが握りやすいですよ」

なぜか張り合い始めたアンリメヒルが、半ば強引にヴァイオレットの手をほどこうとした。

「きゃう」

（どっちもぎゅってすればいいでしょ！）

このままではまたしょうもない言い合いになりかねない。

右手と左手、それぞれでマティアスとアンリメヒルの指を握ったヴァイオレットは、『これで問題ないだろう』とばかりにふんっと鼻を鳴らした。

こんな夜が続けばいいのにな

一ヶ月が過ぎ、ヴァイオレットは新しい環境にだいぶ慣れていた。

最初の頃は毎日が新しい発見の連続だったのもあり、楽しい反面不安を感じたり、戸惑ったりすることも少なくはなかった。

しかし、今はもうここが自分の場所だと感じている。

特にうれしいと思うのは、マティアスが毎日のように顔を見せてくれることだ。

アンリメヒルと過ごす時間は相変わらず安心感があるが、それはそれとしてマティアスと過ごす時間にもほっとする。

マティアスは王子としての仕事がどんなに忙しかろうと、必ず一日に一度はヴァイオレットに会おうと決めているらしかった。

たとえ短くとも、マティアスが自分のために貴重な時間を使ってくれていると思うと、ヴァイオレットはいつもうれしい気持ちでいっぱいになる。

そんなある日、ヴァイオレットはベッドの中で、ぬくもりに包まれていた。

昼間にふわふわの精霊たちとあんなに遊んだのに、なかなか眠気が訪れない。

なぜだろうと思っていると、廊下のほうから足音が聞こえた。

きい、と小さな音とともに扉が開き、廊下の明かりが室内に入り込む。

（ほんとに来てくれた）

以前、アンリメヒルがちらっとこぼしたのを覚えていたヴァイオレットは、いつかマティアスが寝顔を見にくるところを見たいと思っていた。

悲しいかな、一歳児の身体では一度眠ると朝までぐっすりである。だから願いを叶えられずにいたのだが、ついにその日がやってきたらしい。

（びっくりさせちゃお）

ヴァイオレットは身体を包んでいた毛布をちょっぴりたけ顔に引き寄せ、ついつい緩んでしまう口もとを隠した。

ぎゅっと目を閉じて寝た振りをし、マティアスがなにをするのかわくわくしながら待つ。

「一歳の子どもも寝た振りをするんだな」

「ふえぇ」

（なんでわかったの！）

あっさり見抜かれて驚いたヴァイオレットが目を開ける。

ベッド脇に立ったマティアスが、あきれたように苦笑していた。

「そんなにきつく目を閉じて眠る者はいないだろう」

「あぅ……」

どうやらわくわくしすぎて力が入りすぎていたらしい。

寝た振りを見抜かれて恥ずかしくなったヴァイオレットは、そのまますすすと毛布の中に消えようとした。

「ここへ来た頃に比べて、いろいろな反応を見せるようになったな」

温かく大きな手がヴァイオレットの髪を撫でる。

ヴァイオレットはマティアスに撫でられるのが好きだった。

最初はもっとおっかなびっくり触れられていたからヴァイオレットも緊張していたのだが、今は違う。

「んにゃう」

「アンリメヒルはどうした？」

「んむー」

（わかんない。たまにどこかいなくなっちゃうの。でもすぐ帰ってくるよ）

「そうか、わからないか」

過ごす時間が増えたからなのか、マティアスはヴァイオレットの反応からある程度考えを読み取れるようになっていた。

念話ができるアンリメヒルとは比べられないが、接し方に戸惑っていた最初の頃と比べると大きな変化である。

髪を撫でていた手が滑り、ヴァイオレットのもちもちの頬をくすぐる。

「うぁ、んま、あぅ」

「ん？　なんだ」

（くすぐったい！）

くすくす笑ったヴァイオレットが身をよじった。

無邪気な笑みにつられたようで、マティアスの口角が少し上がっている。

その顔に疲れが見えた気がした。ヴァイオレットは頬を触るマティアスの指をきゅっと握り、じっと顔を覗きこむ。

（いつもお仕事大変そうだもんね……）

アンリメヒルがちょこちょこ情報を流してくれるおかげで知っているが、どうやらマティアスは貴族たちや国王である叔父の尻拭いにいつも奔走しているらしい。

以前、恐ろしい精霊によってマティアスの私兵が傷ついたのもそうだ。

ヴァイオレットが精霊たちの力を借りたおかげで、奇跡的に命を落としたものはなかったが、結局あの後逃げたという精霊がどうなったかは聞いていない。

ちなみにヴァイオレットの〝奇跡〟について、マティアスは正直に話したようだった。

そこで知ったのは、マティアスが養子をとったことも、その赤子が精霊たちの寵愛《ちょうあい》を受ける特別な子どもだということも、まだ公にしていなかったという事実だ。

時機を見て話すつもりらしく、ヴァイオレットの起こした奇跡と合わせて箝口令《かんこうれい》が敷かれている。

これも王位を渡そうとしない叔父に対する備えだという。後手に回らないためにも、可能な限り情報を秘匿したいとのことで、珍しくアンリメヒルが同意を示した。

こんなふうに、マティアスは常に叔父とその仲間たちの件で頭を悩ませている。民を優先する性格が災いして、王位を取り戻すという目的にもなかなか着手できずにいるようだ。

「んあぅ」

頑張れと言いたくて口を開くと、ほとんど反射的に握っていたマティアスの指をくわえようとしてしまった。

これまでにも何度か口に入れたり、甘噛みしたりしたが、意外とマティアスは嫌がらない。痛いとは言うが、ヴァイオレットの好きにさせてくれる。

むしろそうやってヴァイオレットが気を許した素振りを見せると、うれしそうな顔をした。今も誤魔化すためにあむあむと唇で食むヴァイオレットを見て、頬を緩ませている。

「お前を見ていると疲れも吹き飛ぶな」

ふ、と息を吐いたマティアスを心配し、ヴァイオレットは軽く手を動かした。

その動きに導かれた精霊が一匹、ベッドの上にぽんと現れる。ヴァイオレットお気に入りの羊の精霊だ。

以前呼び出した時は光の中から現れたのに、最近はもっと気安く現れる。

登場の仕方になぜ差があるのかわからなかったが、違いがあるとしたら力を必要としているかいないかだろうか。

「お前はこの精霊が好きだな」

マティアスの視線を感じながら、ヴァイオレットはふわふわの羊を撫でた。そうしてからマティアスの手もとに向かってそっと押し出す。

その間、精霊はおとなしくされるがままだった。

（ぎゅってしたら気持ちいいよ）

言葉で気持ちを伝えることはできないが、マティアスは意図を察した様子で羊を引き寄せた。

精霊の大きさは、リンゴをふたつ縦に並べたくらいだ。ヴァイオレットだとぎゅっと抱きしめることになるが、マティアスにとっては片手で持てる大きさである。

小さな精霊は見上げるほど大きな男の手につかまれて、『もいもい』と鳴いた。

「お前がするように抱きしめたら潰しかねんな」

「もっ……!?」

物騒なことを言われたからか、羊の精霊が短い手足をじたばた動かす。

「んあぅ」

（潰しちゃだめー）

本気でそうするとは思わないが、ヴァイオレットは哀れな精霊を救出すべくマティアスの手から取り戻した。

ぬいぐるみを取り合うようなそのやり取りが存外楽しかったのか、マティアスが片手で口もとを隠して含み笑いを漏らす。

「私には精霊よりもお前のほうがよさそうだ」

ふに、とマティアスの長い指がヴァイオレットの頬をつついた。アンリメヒルもそうだが、どうも大人たちはヴァイオレットの頬をいじるのが好きらしい。

（くすぐったい……けど、これで元気が出るならいいよ）

「あぅ、んぇ」

「……こうも懐かれると、さすがに罪悪感を覚えるな」

言外に『お前を利用するつもりでいるのに』と込められているのを悟り、ヴァイオレットはいやいやするように首を左右に振った。

（でも、毎日大事にしてくれるよ）

マティアスの目的についてはアンリメヒルから聞いて理解している。利用するという言葉もマティアス本人から聞いているから、悲しいとは思わない。

むしろ、それなら手を貸したかった。

断片的に聞こえてくる話だけでも、今の国王やその周囲の人間が暴利を貪る悪人であるのはわかる。そんな悪人たちからマティアスが民を守るために日々頑張っているのも知っている。

たとえ一歳児だろうと誠実に向き合い、慣れないながらも大切にしようと、忙しい合間を縫ってささやかなひと時を過ごしてくれるマティアスを、どうして嫌えるだろう。

(精霊たちにお願いして、王様にしてくださいってできたらいいのにね……)

「……さて」

頬を触っていた指が離れ、マティアスが背筋を正した。

「もう遅い。今度は寝た振りをせず休め」

「あぅ」

「おやすみ、ヴァイオレット」

(おやすみなさい。……マティアスさん)

心の中で返したヴァイオレットは、マティアスを名前で呼んだことに奇妙なもどかしさを覚えた。

パパたちの秘密の夜

それからしばらく経ったある日、仕事の隙間時間を見つけたマティアスと、いつも通りヴァイオレットから離れないアンリメヒルの三人で午後の穏やかなひと時を過ごしていた。

天気は気持ちのいい晴れ。広い庭園でのんびり過ごすには絶好の日和だ。

「見ろ。私の贈り物が気に入ったらしい」

「ほかのおもちゃがないから物珍しいだけでしょ」

前言撤回する必要がありそうだ。少なくとも穏やかではない。

つい先日、マティアスは真っ白な毛に包まれたふわふわのぬいぐるみをくれた。いつも羊の精霊を抱っこしたがるのを見て、それならばと用意してくれたらしい。

ぬいぐるみとはいっても動物の形ではなく、真ん丸の毛玉にぴょこんと尻尾のようなものがついているだけだ。

だからよく床をころころ転がるのだが、それが楽しくてヴァイオレットはいつもこのぬいぐるみを持ち歩くようになった。

（あっ）

ヴァイオレットの手を滑り落ちた毛玉が舗装された石畳の上を転がっていく。

（わああ、行かないでー）

真っ白な毛玉を追いかけようと、ヴァイオレットは――ぎこちなく立ち上がった。

「ヴァイオレット」

「ビビ」

（なに？）

ふたりが同時に名前を呼んだ理由がわからず、いったいどうしたのかと首を傾げる。

そしてヴァイオレットはそのまま足を一歩踏み出した。

その瞬間、ふたりが焦った様子でヴァイオレットのもとにやってくる。

「邪魔ですよ」

「お前こそ今くらいは過保護をやめたらどうだ」

「アナタだって最近はひどいでしょ。どいてください、ビビはワタシのもとに来たいはずです」

「違う、私だ」

（なんの話……？）

そこでヴァイオレットはふと、自分が立っていることに気がついた。

まだ不安定だが、たしかに支えもなく直立している。

（そういえば私、さっき歩いた……？）

どうやら無意識に立って歩いたらしい。

これまで這って移動するか、なにかにつかまって移動していただけに、ヴァイオレットにとってもこの瞬間は衝撃だった。

しかし意識した途端、歩き方を忘れてしまう。

「ふにゃっ」

体勢を崩して転びかけ、情けない声を漏らしたヴァイオレットだったが、地面に顔をぶつける前にマティアスの手に支えられる。

（びっくりしたあ）

目をぱちくりさせるヴァイオレットと違い、マティアスとアンリメヒルは生きた心地がしないとでも言いたげに息を吐いた。

「子どもの面倒というのはこんなにも心臓に悪いものなのか」

「それは普段世話をしていない人間の言う言葉ですね。恥を知りなさい」

「偉そうによく言う」

（助けてくれてありがとう）

ヴァイオレットは無邪気に笑いながらふたりを見返した。

最近、三人で過ごす時間が楽しい。

マティアスがよく笑いかけてくれるようになったからか、アンリメヒルが多少態度を軟化させたからか、それともヴァイオレットがふたりへの信頼を深めたからか。

「歩き始めるなら、しばらく室内で散歩させるほうがいいか。専用の部屋を用意するのも……」

「ご心配なく。ワタシがすべていいようにやっておきます。アナタは仕事でもしていなさい」

(ケンカしないで)

このふたりの争いもなんだか妙にかわいらしいものが多くなった。

ヴァイオレットからするとあきれるようなものばかりだが、他愛ないやり取りだからこそ絆が深まっているのを感じる。

「最近は仕事をする時間が惜しい。そうしている間に、ヴァイオレットはどんどん大きくなるだろう。今のような瞬間も、仕事をしていたら見られなかった」

しみじみと言ったマティアスがヴァイオレットを撫でる。

「また歩く時は先に言ってくれ」

(歩こうと思って歩いたわけじゃないの)

ヴァイオレットは自分の足を見つめ、ぺちぺちと手で叩いた。

「せっかくなら、ここでもう少し歩く練習をしてみればいい。私が見ていてやろう」

「ワタシもお忘れなく」

(期待されると頑張ろうって思っちゃうね)

地面に下ろされたヴァイオレットが、ぐっと腹の奥に力を入れる。そのまま立ち上がり、ふたりに向かって歩こうとしたその時だった。

「シューッ……」

空気を擦るような耳障りな音が聞こえたかと思うと、花壇の向こうから蛇のように長い身体を持つ生き物が現れた。尾の先がほのかに光っている。これも精霊の類らしい。

その精霊は明らかにヴァイオレットに狙いを定めていた。

ぎょっとしたヴァイオレットだったが、すぐには動けない。

しかし邪悪な蛇が飛び掛かるその前に、マティアスがヴァイオレットを抱えて身を引く。それとほぼ同時に、アンリメヒルが赤く鋭い結晶を蛇の頭目がけて放っていた。

危険はほんの一瞬だけだった。

それでもヴァイオレットの小さな心臓がどきどきと激しく音を立てている。

「最近、増えたな。騎士たちに見回りはさせているんだが」

「格下を追い払わないとこういうことが起きるんです」

（そうなの……？）

以前お願いをしてから、アンリメヒルは忠実に言いつけを守っていた。

追い払われているのはかわいらしいふわふわたちだけかと思っていたが、この言い方だとどうやら違ったようだ。

「ワタシがただの嫉妬からアナタに嫌がらせをしていたと思っていたんですか？」

（……ちょっとだけ）

アンリメヒルが肩をすくめる。

マティアスは蛇が絶命しているかどうか確認し、その眉間に突き刺さった赤い結晶に手を伸ばした。

「怪我をしますよ」

ぱきんと乾いた音がして、マティアスが触れる前に結晶が砕ける。

「お前が魔法を扱うところを初めて見た」

「ビビのためにしか使いません」

答えになっていないが、マティアスは感慨深い様子で動かなくなった蛇を見た。

(怖かった、けど……)

なにかと言い争いをするふたりが、初めて協力するところを見た。

小さな感動と興奮を覚えるヴァイオレットの前で、アンリメヒルが精霊の亡骸に手を伸ばす。

「これはワタシが処分しておきます。ビビを部屋に連れて帰ってあげてください」

「珍しいな、お前が私にヴァイオレットを任せるのは」

「優しいでしょ?」

それだけ言い残し、アンリメヒルは庭園の向こうへと消えていった。

「行こうか、ヴァイオレット。そろそろ昼寝の時間だしな」

「あぅ」

ヴァイオレットは片手を上げ、マティアスに元気よく返事をした。

◇◇◇

その夜、マティアスはヴァイオレットの安全を確保するために見回りを行っていた。

少しでも危険が及ぶような兆しがあれば、すぐに対応するつもりだった。

城内の警備は十分だと信じていたが、ルフス・エルスカであるヴァイオレットが精霊にもたらす影響を考えると、やはり油断はできない。

（ヴァイオレットに限らず、城の者に万が一のことがあっては困る）

マティアスは心の中で呟き、ティストナートと共に広大な庭園を歩きながら警戒を強めた。

最近、ああいった攻撃的な精霊が現れるのは、偶然ではないのだろうと思いながら。

歩くにつれて、次第に冷え込んできた夜の空気が肌に触れる。

耳を澄ますとなにかが近くで動く音がした。

（ティストナート）

『私も感じています。……ただ、精霊の気配かと言われると』

（先行しろ。私も行く）

念話で指示を出し、マティアスは音がする方向へと足を進めた。

細心の注意を払って剣を抜き、いつなにが現れてもいいよう警戒しながら一歩踏み出す。

そして、気配の主が誰であるかを悟り、驚いた様子で問いかけた。

「お前、こんな時間になにをしている？」

――そこにいたのは、アンリメヒルだった。

暗がりに紛れたアンリメヒルは、いつもと違って口もとに笑みを浮かべていない。

妙に不安を掻き立てられるが、マティアスはもう一度話しかけた。

「こんなところでなにを――」

「主、いけません」

突然、勝手に影の中から飛び出したティストナートが、マティアスの身体を後ろから抱えて飛びすさる。

常に淡々とした言動のティストナートにしては、ずいぶんと大胆な行動だった。

「なんの真似だ、ティストナート！」

「あれはだめです」

マティアスは小さく息を呑んだ。あのティストナートが声を震わせている。

「アンリメヒルは〝同族喰らい〟です。危険すぎる」

「なんです、人の顔を見て失礼な」

口を開くと、いつものアンリメヒルだった。

ただ、マティアスはアンリメヒルの手から赤黒いなにかが滴るのを見てしまった。

「食事中ですよ。お静かに」

「……お前は食事をしないものかと思っていた」

「まさか。生きるためには糧《かて》が必要です。でも、ビビには内緒にしてくださいね」

アンリメヒルは目を細めて笑うと、自身の背後に隠れていたものをマティアスとティストナートの前にさらした。

それは植物を肥大化させたような精霊だった。

しかし既に息はなく、地面に嫌な染みが広がっている。

「昼間、あの精霊を処分すると言ったな。まさか」

「もったいないでしょ？」

マティアスに精霊の禁忌はわからない。

しかし絶対的な信頼を置いているティストナートが尋常ではないほど警戒し、恐れているのを感じて、同じ感情を抱いた。

「怯《おび》えられるような真似をした覚えはないんですけどね。以前アナタの騎士団を壊滅に追いやったアレだって、きちんとおいしくいただきましたし。褒めてくれてもいいんですよ」

軽口に対し、マティアスの表情は硬い。

得体の知れない精霊だとは思っていたが、同じ精霊を喰らうような生き物だとは予想していなかった。

「……ひとつ聞いても？」

「ビビを傷つけるつもりなら、とうにやっています」

答えを先行されたマティアスだったが、質問したいことはまさにそれだった。

「ワタシの目的はビビが幸せに、健やかに成長することです。そのためにはアナタの庇護下《ひごか》にあるのがちょうどいい。ですからこれからも仲良くしましょ。同じパパとして」

挑発的な響きがマティアスの胸に引っかかるが、下手な真似をしないほうがいいというのはティストナートの様子から理解した。

「では、ワタシはこれで失礼しますね」

あくまで普段の態度を崩さず、アンリメヒルが闇の中に溶けて消えていく。

その気配が完全になくなってから、ようやくティストナートはマティアスを解放した。

「申し訳ありません。出過ぎた真似を」

「いや、お前がそう判断したのなら正しかったのだろう。……同族喰らいとは、精霊を喰らう精霊のことで合っているか？」

立ち上った影がゆらりと頷くように揺れる。

「あれは私の手に余ります」

「……そうか、わかった」

遅れてやってきた衝撃がマティアスの鼓動を忙しなく速める。

こう見えてティストナートは非常に自尊心の強い精霊だ。

マティアスがほかの精霊と契約するのを嫌うほど、自分の持つ力に対して絶対の自信を持っている。

ゆえにティストナートは不定形の影以外にドラゴンの形を取る。それが最も強く、気高く、美しい生き物だと思っているからだ。

そんなティストナートが手に余ると言った。

ティストナートにすら敵わない相手だとしたら、ヴァイオレットは知らないうちにとんでもないものを身内に招き入れていることになる。

（どこまで信用していいかはわからないが、なにが起きたとしてもヴァイオレットだけは守らなくては）

ヴァイオレットはアンリメヒルに懐いているが、それでも万が一の瞬間を迎えたらマティアスは容赦なく立ちはだかるだろう。

そう思ってからふと、マティアスは無意識にそう決意した自分に気づいて小さな戸惑いを覚えた。

（いつの間にか、こんなにもあの子を娘として見るようになっていたんだな）

かつての自分なら考えられなかった。

しかしもう、ヴァイオレットに対するこの温かな想いを捨てられそうにない。

（ただ親子として幸せな時間を重ねていきたいが、そのためにはやはりこの現状を変えねば。

あの子を守れるだけのたしかな力を手にするために）

ケンカは、めっ！

マティアスは王位を取り戻すという目標のために、ずいぶんと長い時間をかけた。

まだ動き出すのに完璧な時機とも言いがたいが、ヴァイオレットのことや、少しずつ苦しんでいく民を思うとこれ以上は待てそうにない。

叔父であるナクサールのもとへ向かい、首都ラズマリアの城にやってきたマティアスは今日こそ成果を手に帰るつもりだった。

久方振りに訪れる城は、本来ならば正統な後継者であるマティアスのものだ。しかし前国王の父を亡くして以来、妙に居心地の悪い場所になっている。

応接室に通されたマティアスがしばらく待っていると、やがてナクサールが現れた。

これまでそうだったようににこやかにマティアスを迎えるが、その表情には警戒と不信感が見え隠れしている。

「久し振りだね、マティアス。元気そうでなによりだ」

「ええ、そうですね」

そんな社交辞令をだらだらと続けるつもりはなく、すぐに本題へ移る。

「またかと思われるかもしれませんが、いい加減この辺りで終わらせましょう。譲位について今日こそ話を進めてもらいたい」

ナクサールが表情を曇らせ、落ち着かなげに視線をさまよわせる。

この反応を予想していたのだろうが、回答までは用意していなかったらしい。

あるいはマティアスが確固たる意志を持って、ナクサールの在位を終わらせようとしていると悟り、どう誤魔化せばこの場を切り抜けられるか必死に考えているかのどちらかだ。

「いや、君の言うことはもっともだ。わかっているよ。だが――」

「あなたは私に代わり、王位を預かると言ったはずです。預かったならば返すのが筋というものでしょう。違いますか」

「違わないよ、もちろん。違わないが……」

母を早くに亡くし、父も病によって突然亡くしたマティアスにとって、ナクサールは唯一残された血縁者だ。だからこそ信頼し、王位を預かるといった言葉を信用した。

マティアスは五年前の出来事を昨日のことのように覚えている。

いつもよりも早く目を覚ましたその日は、やけに城が騒がしかった。

何事かあったのかと、十歳の時に契約を果たしたティストナートとともに騒ぎのもとへ向かうと、父王の急死を告げられたのだ。

体調を崩しがちだった父がこんなにも早く突然他界すると思わず、一瞬頭の中が真っ白になった。

しかしすぐに、自分が次になにをしなければならないかを悟り、叔父のもとへと足を運んだ。
そこで次期国王として即位する旨を伝え、後ろ盾になってほしいと申し出たが、ナクサール
は首を縦に振らなかった。
——国王が存命の頃から、議会は混沌としていた。
貴族と一般市民の間には溝があり、国王と貴族の間にも亀裂が入っていたためだ。
風通しの悪い議会をどうにかすべく、国王は弟のナクサールとともに戦っていたが、志半ば
で倒れることとなってしまった。
議会が王家に対して発言権を強めるとしたら、今が絶好の機会である。そんな時に、最強と
名高い精霊を持つとはいえ、まだ若いマティアスが即位したらどうなるか。
議会の議員として選出された貴族たちは、国王と同様に反対意見を持つといっても、ナク
サールには強く出られない。王族の血筋に連なるだけでなく、顔が広いナクサールの人脈は貴
族たちにとって大きな影響力があったためだ。
だから自分が王位を預かり、議会が正常に機能するよう場を整えることで、マティアスの治
世が安定した始まりを迎えられるようにする——というのがナクサールの言い分だった。
マティアスは実際に父王が議会の貴族たちとの軋轢《あつれき》に頭を悩ませていたのを知っていたし、
叔父がよき相談相手となって真摯に対応しているのも見ていた。
王になれば結果を出せるという自負はあったが、貴族社会が想像以上にどろどろとした足の

引っ張り合いが行われる場所だというのも理解している。

だから、マティアスは叔父を頼った。

もともと王族は精霊術師としての適性が高い。その中でもマティアスが持つ魔力量は破格で、ゆえに幼い頃から恐れられ、遠巻きにされてきた。

自分に対する恐れを感じ取っていたマティアスは、無理に人間と関わろうとせず、むしろ拒む形で精霊にのめり込んだ。その結果、精霊と——ティストナートとばかり過ごしたマティアスには信頼できる人間が極端に少なかったのだ。

父を亡くし、数少ない信頼できる人間を喪《うしな》ったマティアスにとって、ナクサールは最後に残された〝身内〟だった。疑おうという考えさえ浮かばなかった。

そうして五年が経ち、マティアスは他人を信用すべきではないという考えをより強めたのである。

「マティアス、わかるだろう。慎重にいかねばならないことなんだよ。貴族たちだけじゃない、国民の混乱だって免れない。今は苦しい時期だから、彼らの期待は君にとってとんでもない重圧になるはずだ。そのすべてを背負うには、君はまだ若すぎる」

また誤魔化して先延ばしにするつもりなのかと、マティアスは何度目になるかわからない失望を抱いた。

もはや落胆する余地さえ残っていないと思っていたのに、血の繋がりによる情は存外厄介なものらしい。

（今ならわかる。この男は父の味方をしながら、議会の味方でもあった。いつまでもこうして話の決着がつかないよう引き延ばし、自分にとって最大限の利益を手に入れるために暗躍し続けていたんだろう）

平行線で一向に歩み寄りを見せない議会の貴族たちを、ナクサールは非難した。

しかし解決のため、具体的になにをしていたかというと、マティアスには思い出せない。

（この男は、他人に〝いい顔〟をするのが天才的にうまい）

自分も騙《だま》されたうちのひとりだと思うと、マティアスは苦虫を噛み潰したような顔になった。

「私は充分譲歩しました。わざわざこうしてあなたの顔を立ててもいる。これまで王と呼ばれ、政を行ってきたあなたに敬意を払うべきだと思うからです」

たとえその政の内容が、自分と身内の貴族たちのためのものだとしても。

口に出してやりたいのを抑えたのは、今言った通りそれが筋だと思っているからだ。

「あなたも簒奪《さんだつ》者と謗《そし》られるのは避けたいでしょう」

今日は引く気がないのだと言外に込めて告げると、ナクサールは顔色を失って口をつぐんだ。

「……君の考えはよくわかったよ。だけどさっきも言った通り、慎重に進めるべきことだ。だからどうだろう。議会を招集し、貴族たちの代表として選ばれた議員の意見も聞くというのは」

思わず鼻で笑いそうになったマティアスだったが、ぎりぎり堪えた。その足もとで、風に吹かれたように影が揺らぐ。

（議会の連中が味方であることを隠すのはやめたのか？）

もっともらしい理由をつけているが、ナクサールの考えはわかっている。

国民のことなど考えもせず、甘い汁を吸うために必死な連中はナクサールを支持するだろう。

次期国王をどうするかと意見を求められたら、現状維持を声高に叫ぶはずだ。議員たちの前で明確に否定されれば、マティアスもしばらくは譲位を迫りづらくなる。

『悪知恵の働く方ですね』

（盗み聞きは感心しないぞ）

マティアスはちらりと視線を下に向けた。再び影がゆらりと動く。

『私が理性のない精霊であれば、主の敵となる者を排除していたでしょう』

（お前がまともな精霊でよかった。話し相手に選びづらくなるからな）

『……もしもひと言、ご命令いただければ私は――』

（そうできればどれほど楽だったか）

ティストナートを率いて譲位を迫れば、簡単に目的を果たせるのは事実だ。たとえ城にいるすべての精霊術師たちがかかってこようと、ティストナートの敵ではない。

（血塗られた玉座は脆《もろ》い。どうせ座るのなら頑丈な椅子がいい）

「マティアス、どうかな。もし考えがあるのなら、ぜひ聞かせてくれ」

黙り込んだマティアスを気遣うように――実際は考えがまとまらないよう急かしているのだろうが――ナクサールが話しかける。

「わざわざそれほど大仰《おおぎょう》な真似をせずともよいのでは、と思いますが。玉座を預かるあなたと、正統な後継者である私で完結できる話だ」

「焦る気持ちはわかるが、考えてもみなさい。これまで私は君の代わりにこの国を治めてきた。我々の間で勝手に決めた内容を貴族たちに強要すれば、反発は必至だ。即位後に彼らの助力を得られなければ、どちらにしろ厳しい治世となるだろう。納得させるためにも、正式な場で我々の立場と、今後の国の在り方を話し合うべきだ」

理解を示し、正論に聞こえる言葉で優しく言い諭す。これがナクサールのやり方だ。

もしも本当にそう思っているのなら、もっと早く議会を招集し、貴族たちにマティアスの身の振り方を伝えるべきだったのだ。

叔父の今さらの物言いに、マティアスは一周回って感動を覚える。

(もしも私がこの男のように魔力を持たなかったら、このくらいは口がうまくなっていたと思うか?)

『私は嘘と誤魔化しを得意とするよりも、私を扱うにふさわしい魔力を持った主のほうが好きです』

ふ、とマティアスは笑う。ティストナートも嘘や誤魔化しを得意とする性格ではない。そういう意味でも気質が近いから、今日までうまくやれているのだろう。

「叔父上がそう仰るのでしたら、判断はお任せしましょう。ただし議会の招集は今季のうちにお願いいたします。そこで譲位を約束いただきたい」

ナクサールの言葉も待たずに席を立つと、マティアスは振り返らずに部屋を出た。

高貴な身分にあるとは思えない無礼だったが、このくらいの意趣返しはしてもいいだろうと思ったからだった。


ドラゴンの姿を取ったティストナートの背に乗り、マティアスはエルメナの城へと帰還した。

主の帰りを出迎えた騎士たちを横目に、まっすぐ廊下を歩く。

（一歩進んだとはいえ、呑気にかまえているだけでは足をすくわれる。……ヴァイオレットの存在を明かす時が来ただろうか）

議会の貴族たちはナクサールの味方だが、利益があればマティアスを支持することも充分考えられた。

人間関係を切り崩して外堀を埋められればよかったが、それはマティアスの得意とするところではない。むしろナクサールの得意分野だ。

人間に対するうっすらとした忌避感と嫌悪感は、きっと今後も消せないに違いない。

（ティストナート）

『はい』

（お前の疑問が今になって刺さっている）

『……ヴァイオレット様のことですね』

ヴァイオレットが来たばかりの頃、ティストナートはマティアスに彼女を本気で利用するつもりかと尋ねた。

必要ならば手段は選ばないと思っていたのに、今はあの時のように答えられる気がしない。

（このままナクサールに遊ばせるわけにはいかん。だが、あまり気は進まないな）

今となっては、マティアスの本音を引き出せるのはティストナートしかいなかった。

ヴァイオレットを望んだのは、今以上の力を持っていると示すためだった。

マティアスは王子でありながら、有事の際に積極的に前線へ出て指揮をする軍人としての一面のほうがよく知られている。それは彼が膨大な魔力を有しており、強力な影の精霊ティストナートとの契約を果たしているというのが大きい。

影のドラゴンを従えたマティアスの勇猛さは他国にまで知れ渡っている。

たったひとりで一万の軍を退けることもできると謳《うた》われるほどの存在だからこそ、周辺国はこの国においそれと手出しできないのだ。

それでも肥沃《ひよく》な土地と温暖な気候、そして王国の金庫とも呼べるラメルド山から産出される豊富な鉱石資源に恵まれたこの国は、虎視眈々と狙われ続けている。

これまでにもマティアスは国を守るために幾度も戦場に出向いた。その働きを国民たちが知っているからこそ、より強力な力を手に入れることに意味が出てくる。

マティアスの武力は国民の支配の象徴ではなく、民を守るための救いの象徴だ。そんな彼が力のある精霊術師の後見人となったら、人々の支持はさらに高まるだろう。

王位を簒奪した叔父とそのそばで利益を貪る者たちが、マティアスを無視できないほどに。

だからマティアスはヴァイオレットを欲した。

（あの子を利用して支持を得、望みを叶えるつもりだった。今はそんなふうにあの子を使いたくない）

『……主はお変わりになった。それもヴァイオレット様の影響でしょうか』

（そうだろう。あの子の純粋さは、私には眩しすぎる）

『私からすれば、主も充分に眩しい』

（それはお前なりの冗談か？）

影の精霊であるティストナートに含み笑いを漏らすと、ティストナートも珍しいことに喉奥で笑い声を立てた。

（再三言っているが、お前が力不足だから力を求めているわけではない。私が望むものを手にするためには、より貪欲に求めねばならないというだけだ）

『私が望まないのは、私よりも格の低い精霊と主が契約を果たすこと。私というものがありながら、矮小《わいしょう》な存在を必要とする意図を理解するつもりはありません。それさえ尊重いただけるのであれば、主に従います』

（お前よりも格の高い精霊は片手で数えられるほどだとわかっている。……だがもし、そんな精霊が現れて、私が契約を望んでいるとしたらどうする）

かすかにティストナートが息を呑む気配があった。

『アンリメヒルですか』

すぐに答えたことから、やはりアンリメヒルはただの精霊ではないのだと確信する。

それならばと、マティアスは自室へ向かおうとしていた足を反対へ向けた。

（そうだ。あれは間違いなくお前よりも力のある精霊だろう）

『あれは異質なものです。……同族喰らいの精霊。かつては契約した者もいると聞きました。あの同族喰らいがどういう風の吹き回しかと騒がれたのを覚えています』

（案外、物わかりがいいのか。それともなにかしらの利益があったのか？　ヴァイオレットに付きまとっているところを見る限り、気に入った人間には甘いだけなのか……）

『あれが喰らったのは同族だけではありません。契約の最中に、契約者を喰らっているのです』

ありえない、とマティアスは声に出さず唇を動かした。

（なんのための契約だ）

『だから、異質なのです。今はああしておとなしい振りをしていますが、いつ牙をむくか』

付き合いの長いマティアスには、ティストナートの心配が手に取るように感じられた。

なにかあってからでは遅いのだと、常識の範疇《はんちゅう》に収まる相手ではないのだと、警告している。

（……そんなものさえ支配していると思わせれば、ヴァイオレットを表舞台に引きずり出さずとも力を示せるな）

特別な力を持つルフス・エルスカのヴァイオレットを、ただの子どもとして育ててやれるかもしれないというのは、今のマティアスにとって魅力的だった。

ふわふわの精霊たちに囲まれ、無邪気に遊ぶヴァイオレットを見ていると、もうなにもいらないという気になる。穏やかなひと時さえ守れるなら、それでかまわないのではないかと。

迷いなくその選択をするには、この国の王族としての使命感と責任が重すぎた。

（あの子を利用せずに済むなら、たとえ危険だろうとアンリメヒルを使う。もしもあれが私に牙をむいたら、その時はお前がなんとかしろ）

『私よりもあの者のほうが格上だと言った口で、ずいぶんとひどいことを仰る』

ティストナートの声に不満はなかった。この精霊が楽しげに話すのは珍しいことである。

『いいでしょう。平凡な人間たちが使役するか弱い精霊を一万相手取るより、アンリメヒルを私の影に呑み込むほうがずっと魅力的ですから』

（お前がそんなに好戦的だとは知らなかった）

『そうでなければ主の契約精霊は務まりませんよ』

守りに入るよりは打って出たい性格のマティアスは、それを聞いて苦笑した。

そういう性格だからこそ、危険を顧みず、ヴァイオレットの部屋に向かうのだと思いながら。


夜の静寂が城の廊下に広がる中、マティアスはヴァイオレットの部屋の前に立ち、深く息を吸った。

室内に入ると、中は暗い。それでも距離を縮めればヴァイオレットの愛くるしい寝顔を見ることができた。

なんの夢を見ているのか、むにゃむにゃと口を動かしているヴァイオレットは幸せそうだ。

（私も絆《ほだ》されたな）

想いは、ひとしきり深まった。

打算から引き取ったはずの赤子が、いつの間にこんなに愛おしくなっていたのかわからない。

王族としての責任を果たす以上に、ただひとりの人間としてかわいらしい娘の幸せを願う気持ちが込み上げる。

マティアスは再びヴァイオレットを見つめた後、心を決め、ほかに誰もいないはずの部屋に向けて声をかけた。

「アンリメヒル、いるんだろう？」

その瞬間、部屋の隅に落ちた闇の中からアンリメヒルが姿を見せた。

「礼儀がなっていませんねえ」

その口調には、冷ややかな嫌みと皮肉が漂っていた。

「お前はヴァイオレットの幸せを願っていると言った。私も同じだ。だから——私と契約をしてもらいたい」

アンリメヒルは驚きもせず、肩をすくめて口角を歪《ゆが》める。

「あの子のために王位を捨てるという選択はしないんでしょ？」

「当然だ。私が王になれば、あの子がルフス・エルスカであっても守ってやることができる。なにも持たない者になにが守れるというのか」

「嫌ですねえ、人間って。醜い醜い。結局、権力と金に執着しているんです。あるいは力でしょうか」

「ふあぁ」

ヴァイオレットが小さく声を上げて寝がえりを打った。

一瞬ふたりは黙ったが、再び穏やかな寝息が聞こえ始めると会話を再開した。

「だったらなぜお前はあの子のそばにいる？」

「それはもちろん、あの子を愛おしく思っているからですよ」

白々しく聞こえるその言葉に対し、マティアスはふっと笑う。

「そう思うなら、あの子をほかの精霊と契約させてやればいい」

マティアスの脳裏に、か弱い精霊たちと遊ぶヴァイオレットの姿がよみがえる。

気に入った精霊がいるなら契約すればいいと常々思っていたのは、きっとマティアス自身が精霊術師だからだ。

「ヴァイオレットが望むなら、普段遊んでいるあの精霊たちではなく、ちょうどいい精霊を見繕ってもいい」

言い終わるか終わらないかといったところで、マティアスは強烈な殺意を感じて無意識に跳びすさった。

暗闇に立つアンリメヒルを縁取るように、どろりと不快な魔力が揺らぐ。

「ヴァイオレットはオレのものだ」

これまでずっと慇懃《いんぎん》無礼ながらも温厚な態度を取っていたアンリメヒルが、はっきりとした怒りと敵意をむき出しにする。

「人間の分際で余計な真似をするな。四肢を引き裂いて玉座に飾り付けられたくないのなら」

警告の中ににじむのは、ヴァイオレットへの執着と強い独占欲だ。

目の前にいるのは、アンリメヒルであってそうではない。きっとヴァイオレットも、懐いている精霊の本性がこうだと知らないのだろう。

緊迫した空気が漂う。

どちらかがほんのわずかでも動けば、きっと戦いになるだろう。戦場よりもよほどひりついた緊張感の中、マティアスは暗い目を向けるアンリメヒルから目を逸らさなかった。

ティストナートが影の中から立ち上り、マティアスを守るべくふたりの間に立ちはだかろうとする。しかしマティアス自身がその動きを制した。

「いい、ティストナート」

低く、抑えた声で発せられたその言葉に、ティストナートはすぐに動きを止めた。

マティアスは視線をアンリメヒルに戻し、冷ややかに言葉を続ける。

「お前にとっては私も必要な道具のひとつだろう。だからお前はヴァイオレットをこの城に置いている。精霊の力だけで人間の子どもを育てることはできないからだ」

半ば確信を持って言ったマティアスだったが、アンリメヒルは答えない。

しかしやがて、金色の瞳がマティアスから逸らされた。その反応がすべてを物語っていた。

「我々の利害は一致している。あの子の健やかな成長を見守るという一点において、我々は協力関係にあるはずだ」

マティアスはその沈黙を破るように、さらに冷静に続けた。

しばらく口を閉ざしていたアンリメヒルだったが、やがて不満げに息を漏らして言う。

「認めましょう」

不吉な金の瞳が、今度はまっすぐにマティアスを捉えた。

「ですがそれで、ワタシを手なずけられたとは思わないことです」

アンリメヒルはそのひと言を残し、再び闇の中に溶けて消えた。

静けさが部屋に戻り、ゆっくりと空気が緩んでいく。

「……やはりあれは危険です」

ティストナートが消え入りそうな声で忠告をする。

マティアスはティストナートの言葉を聞きながら目を伏せた。

たしかにその通りだ。アンリメヒルが抱える危険性、そしてヴァイオレットに対する執着心や残忍な一面は、今後の大きな障害になるだろう。

だが、それでも今のやり取りでわかったことがあった。

「思い通りにならない存在だが、少なくともヴァイオレットの敵にはならない。……だったら私の敵にもなりえない」

契約はなされなかったが、少なくとも今のところは敵に回らないことを確認できた。もはやそれだけで十分な気がしている。

「精霊にばかり頼るのは、私の悪い癖だな」

ふ、とマティアスが含み笑いを漏らした。

「……人間よりも、信頼できるものだから」

ティストナートはその言葉を受けて、風を受けたように影を揺らがせる。

「我々を頼ってくださるのは光栄ですが、主が生きているのは人間の世界です」

「そうだな」

マティアスは今の騒ぎも知らずぐっすり眠るヴァイオレットに目を向けた。

他者との交わりを必要最低限に抑えてきたマティアスが、初めて心を動かされた相手がヴァイオレットだ。

純真無垢な幼子は、その存在を通して精霊や人間との接し方を改めてマティアスに教えてくれる。

ずいぶん前にはなるが、マティアスはヴァイオレットにアンリメヒルを頼りすぎるなと諭した。人間との交流も大切だと告げたのは、己の歩んできた道が決して正しかったわけではないと理解しているからだ。

「お前はいつも正論ばかりだ」

「お忘れですか。私は主が十歳の頃からおそばにいるのですよ」

「保護者気取りか？」

「ヴァイオレット様に感じるものとは違う父性を感じる気はいたします」

真面目くさって言ったティストナートのそれが、はたして本気なのか、彼らしくない冗談なのか、マティアスは少しだけ考えた。

◇　◇　◇

深夜、アンリメヒルは森の中を歩いていた。

空気は冷え込み、木々が囁くような音を立てる。

しばらくの間、静かな宵闇にはなんの異常もないように見えた。しかし次の瞬間、アンリメヒルに向けて警告するように魔力の塊が放たれた。

「人間ごときが」

アンリメヒルはひとりごちると足を止め、近くにいるであろう獲物の気配を探った。

ここしばらく、強力な魔力を帯びた精霊たちの出現が増えていた。

ヴァイオレットを狙ったものにしては精霊らしい本能や欲を感じないことから、マティアスを狙ったものなのだろうと思っている。

マティアスがどの程度暗殺に対して危機感を覚えているか、アンリメヒルには興味がない。

暗殺騒ぎに巻き込まれればヴァイオレットの生活にも影響が及ぶ、という一点以外は。

あの愛おしい子どもは、通常のルフス・エルスカと違う気配を漂わせていた。

おそらく理由は彼女が語る〝前世〟にあるのだろう。かつても癒やしの力を持った精霊たちに愛されていたヴァイオレットは、その時に受けた愛情と祝福をもって再び今の生を受けたのではないだろうか。

アンリメヒルがヴァイオレットの存在に気づいたのは、彼女がまだ母親の腹にいる時だった。煩わしい人間はさっさと引き裂いて中身だけ頂戴しようと思っていたのだが、ヴァイオレットが日ごとに魔力を高めていくのを感じて考えを改めた。

ヴァイオレットは成長によって魔力量を変化させるらしい。だとしたら、その成長が頂点に達した時、どれほどになるのか。

生まれてからのヴァイオレットは、さらに感情によって複雑な魔力を生み出した。それはアンリメヒルの知らないもので、ひどく興味をそそられるものでもあった。

他者への共感力が薄く、明るい感情を持たないアンリメヒルには、ヴァイオレットの成長に必要な感情を与えることができない。

そのためには人間の存在が必要不可欠だと考え、今に至る。

（もう少し脅してやるんだった）

苛立ち交じりに息を吐いたアンリメヒルが、軽く指を鳴らした。赤黒く鉄臭い霧が立ち込め、周囲の草木を包み込んでいく。

その霧を吸いこんだのか、一体の精霊がふらふらと木の陰から転がり出てきた。

体格のいい四つ足の獣だ。頭の形は猫に近いが、もっと身体が長くしなやかで、尾に鋭いトゲがある。

「恨むならあの人間を恨むといい」

アンリメヒルが皮肉っぽく言った直後、獣は体内から勢いよく外側へ突き出た鋭い血の結晶によって絶命した。

「八つ当たりなんてワタシらしくないですねえ」

普段の自分を思い出そうと飄々と言い、獣のそばに歩み寄る。

獣の精霊が吸い込んだ霧は、かつてヴァイオレットが生活していた孤児院でも使った魔法だ。思考を狂わせ、判断力を曖昧にさせるそれは、なかなか役に立った。

アンリメヒルは死骸の横にしゃがむと、動かなくなった肉の塊に手を伸ばした。

（……ん？）

奇妙な魔力の流れを感じ、まだ生暖かい肉塊を手にしたまま首を傾げる。

肉体は普通の精霊のものだが、どこか歪だ。構成する魔力が不安定で、器に無理やり押し込められたような違和感がある。

「後でお腹を壊さなきゃいいんですけど」

くつくつ笑うと、アンリメヒルはこれまでそうしてきたように〝食事〟を始める。

生々しい音を響かせてはいても、仕草は妙に上品だった。それが強烈な違和感を生み出しており、アンリメヒルの異常さを際立たせる。

同族喰らいの血の精霊。それがアンリメヒルだ。

（……これもはずれか）

質の悪い食事に顔をしかめ、軽く手を振って赤黒い雫を払う。

今、一番おいしそうだと感じているのはヴァイオレットだ。

早く喰らってしまいたい気持ちと、やわらかい頬をつついてぎゅっとしたい気持ちにいつもさいなまれる。

ヴァイオレットに対する、食欲とは違う得体の知れない感情をなんと呼ぶのか、アンリメヒルは知らない。

だから、ヴァイオレットのそばにいる。

（いつか、あの人間が邪魔になる）

半ば確信を持ってマティアスを思い浮かべると、一度は引いた苛立ちがまた込み上げた。

（最良の環境と保護さえ必要なければ、さっさと始末してやるんだが）

最近、ヴァイオレットがなにかとマティアスを気にかけて懐いているのが気に入らない。

希少な力を持っているくせに、あんな人間のために使いたがるのも理解できない。

アンリメヒルは、ヴァイオレットが思っている以上に切実に契約を望んでいた。術師と精霊を結び縛り付ける契約は、ヴァイオレットに余計なものがまとわりつくのを阻止できる。

永い生を生きてきたアンリメヒルが唯一、初めて欲しいと思ったのがヴァイオレットだった。

（今は見逃してやろう。――最後に笑うのはこのオレだ）

血だまりの中、やっとアンリメヒルはいつも通りのうさんくさい笑みを思い出した。

みんなずっと仲良しがいい

日常が再び正常な流れに戻り始めた頃。

夜中にヴァイオレットのもとを訪れたマティアスの表情は浮かなかった。

普段の彼は常に落ち着いていて、はっきりとした感情を表に出さない。それだけに、悩ましげな表情は不安を掻き立てた。

ヴァイオレットはじっとマティアスを見上げた。

普段なら自分を抱きしめてくれるその腕が、今日は少し重そうに見える。

（どうしたの？）

困っているなら力になりたいと、以前よりも当たり前のように思う。今日まで過ごした日々の中でつちかった時間が生み出した感情によるものだろう。

ヴァイオレットはころんと転がり、マティアスに擦り寄った。

「どうした？」

表情が緩んだのを感じ、ほっとしたヴァイオレットは最近よくやるようにマティアスの手を握りしめた。

「ふぁう」

（どうして困った顔をしているの？）

気づかわしげな声と表情が、ヴァイオレットの気持ちをマティアスに届ける。

「心配してくれているのか？」

「あぅぅ」

「言ってみろ、と言われている気になるな。どちらにせよ、黙っておくわけにもいかないか」

そうつぶやくと、マティアスは再び口を開いた。

「お前の存在を叔父に知られた。お前のためにももう少し大きくなってから明かすつもりだったが、どうやらこの城にも内通者がいたようだ」

これだから人間は信用ならない、とマティアスが苦々しげに言う。

「……あの男、恥ずかしげもなく『息子のように思っている君の娘なら、私にとって孫も同然だ。ぜひ会わせてほしい』とのたまった」

さらにマティアスは話を続ける。

遠回しに断ってもナクサールは諦めず、言葉巧みにマティアスを説得したらしい。

それがかなわないとなると、周囲の人間を巻き込んで、かわいらしい子どもに会わせてもらえない自分がいかにかわいそうかを語ったようだ。

その話術で今の地位を保っているナクサールの前では、さすがにマティアスも分が悪かった。

『会わせてあげないなんてかわいそうだ』と外堀を埋められてしまい、結局ヴァイオレットを連れて首都へ向かうことで話がまとまった。

「日頃の行い、とはよく言ったものです」

アンリメヒルが小馬鹿にするように言ったのを聞き、マティアスは顔をしかめた。

「私が話術を得意としないのも、そもそも話に耳を傾けようとする味方がいないのも理解している。そうでなければ、ヴァイオレットを養女にするものか」

「己の力を誇示すれば群れに迎え入れてもらえると考えたわけですね。ビビ、聞きました？アナタのパパを名乗る男はあまり頭がよろしくないようですよ」

隙あらばマティアスに嫌みを言うアンリメヒルに呆れ、ヴァイオレットは眉間に皺を寄せた。

（本当に頭がよくなかったら、とっくにこの国はめちゃくちゃだよ。力だけじゃどうしようもできない相手だから、私を養子にしたんでしょ？）

今回の件だって、ティストナートに命じればきっと嫌な方向で解決する。惨状を呈すのは免れないだろうが、二度とナクサールがマティアスを煩わせる日は来ないだろう。

それでいいと思っていないから、マティアスはナクサールの提案を呑むのだ。力を持った人間だからこそ、理性的に、慎重に扱う姿には好感が持てる。

（あんまり好きじゃないのは知ってるけど、ひどいことを言っちゃだめだよ。ケンカしたらぎゅってしてあげないよ！）

「ビビは難しいことを考えるのが得意ですねぇ」

アンリメヒルはさらりとヴァイオレットの苦言を流し、鼻で笑う。

「それで？　いつビビを連れて行くつもりです？」

「三日後だ。……まさかとは思うが、お前も来る気なのか？」

「ご自分の身内すら抑え込めないアナタに、かわいいビビは任せられませんよ。なによりワタシ、この子のパパですから」

「書類上は私が父親だ。どうしてそう、ことあるごとに『パパ』を主張する」

また始まったと頭を抱えたくなるビビだが、ひとまず自分が三日後にマティアスの敵となる相手と顔を合わせるのは理解した。

（怖いことが起きませんように）

真剣に悩むビビの横で、大人ふたりは今日もどちらが真のパパかを言い争っていた。

＊　＊　＊

あっという間に三日後を迎え、マティアスとアンリメヒル、そしてヴァイオレットの三人は、首都にある城へ向かっていた。

マティアスはいつも通り真剣な表情を崩さず、アンリメヒルはそれを横目で見ながら、やや退屈そうに歩いている。ヴァイオレットは、そんな二人を見上げながら、なんとなく心が軽くなるのを感じていた。

（ふたりがいればきっと大丈夫）

そう信じていたヴァイオレットだが、城を前にした途端、アンリメヒルが歩みを止めた。

「用事を思い出しました」

そう言ったアンリメヒルがなんの前触れもなく姿を消した。

（……え、なんで？　いきなり……？）

「気まぐれにもほどがある」

ヴァイオレットはちょっと首をかしげたが、それほど強く疑問に思うこともなくマティアスの胸に顔を埋めた。

アンリメヒルがなにをしようとしていたのか、なぜいきなり姿を消したのか、それについては考えても仕方がない。マティアスの言葉通り、アンリメヒルが気まぐれであることを思い出し、ヴァイオレットも不安を取り払おうと努めた。

「どうせすぐに戻ってくるだろう。お前のそばを長時間離れるような奴ではないからな」

マティアスが不安を打ち消すように言い、少しだけ口もとを緩めた。

ヴァイオレットはその言葉を聞いて、また少し安心した気持ちになった。アンリメヒルがいない不安がないとは言わないが、マティアスがいるなら悪いことは起きないだろうと思った。

城の巨大な門をくぐると、ヴァイオレットはその美しさに目を奪われた。

広々とした中庭を抜け、石造りの壁が続く長い廊下に足を踏み入れると、足もとに敷かれた豪華な絨毯が目に入る。

ここだけ外とは空気が違うかのようだった。荘厳な雰囲気にはただただ圧倒される。

（わあ、すごい）

壁を飾る絵画や、金色に輝くシャンデリアがきらめく空間。使用人たちが行き交い、整然とした足取りで忙しそうに働いている姿も目に入った。

ヴァイオレットとマティアスはすぐに城の一室へ案内された、
そこには既に、落ち着いた雰囲気の男が薄い笑みを浮かべてふたりを待っている。

「ようこそ、ふたりとも」

男の声は穏やかで、やわらかい。それでいて隙がなかった。

細身で整った顔立ちはマティアスに雰囲気が近い。威圧感や鋭さは感じられず、むしろ優しさばかりを感じる。しかしそれが逆にヴァイオレットの警戒心を掻き立てた。

「君が噂の子だね」

ナクサールは軽く笑みを浮かべながら、ヴァイオレットに向かって言った。

ヴァイオレットはその言葉に動じることなく、静かにナクサールを見つめ返した。笑顔の裏に隠された意図が読み取れそうな気がして、無意識に警戒心が強まる。

その時、ふと気づいた。

（この人、魔力がない……？　それに精霊の気配もまったくない）

たしかに精霊術師でない人間の中にはそういう者もいるが、ここまで気配がないと避《さ》けられているようだと思ってしまう。

「本当にかわいらしいお嬢さんだね。それに美人さんだ。大きくなった時が楽しみだよ」

ヴァイオレットは表情を崩さない。マティアスの敵だと知っているから、笑いかけたくはなかった。

「それを言うためだけに、わざわざ呼んだわけではないでしょう」

既にナクサールとは幾度も無駄な話をした、と言わんばかりの本題の入り方だった。敬語を使っていても、マティアスがナクサールに抱く複雑な感情がにじみ出ている。

「もう少し君の愛らしい娘を堪能したかったが、仕方がない。さて、私が君を呼んだ理由についてだが――議会の件を話しておこうと思ってね」

「その件ならばもう話は済んだのかと思っていましたが」

「いやいや、一方的に決めてしまったようなものだからね。もし君のほうで希望があるなら、可能な範囲で検討しようと思ったんだよ」

もしもマティアスと敵対していることを知らなかったら、気遣いのできる優しい人だと思っていたかもしれない。

それほど思いやりのある言い方で、ヴァイオレットはふるりと身体を震わせた。

「後日伝えるつもりでしたが、そういうことでしたらこの場でお話ししましょう」

「ああ、どうぞ。遠慮なく言ってみるといい」

「公正なものだと明かすためにも、民を議会に参加させてください。我々だけで完結させるのではなく、国民の前で信を問うべきだと思いますので。また、ヴァイオレットを娘として迎え入れた件について、議会の場で発表してもかまいませんか？」

「たしかに、こんなかわいらしい娘の存在を黙っておくのはもったいない。君の言う通りにしよう」

不気味なほど物わかりがいいのを、ヴァイオレットは素直に訝しく思った。

（ほかの誰かが議会に参加しても、自分の要求を通しきれると思ってる……ってことなのかな）

ヴァイオレットは黙って思考を巡らせていた。

ここへ来る前に、マティアスが話してくれたことを思い出す。

『議会を開くにあたり、国民たちを参加させる。世論を味方につければ、いかに貴族に手を回そうと、私を王にせよという声を止めるのは難しくなるはずだ』

マティアスの目的は、王となるべき者は誰かという答えを出す場に国民を招くことだ。

ナクサールがどれだけ言葉を重ねても、国民たちはこれまでの実績から、真にふさわしい者を王として受け入れるだろう。

ここまではマティアスの思惑通りだ。ナクサールは国民が議会に参加することを認め、ヴァイオレットを娘として公表する件も許すのだから。

（もしかしたらここでいいよって言っておいて、後で邪魔をするつもりなのかも。そうならないように、みんなの力を借りることはできるかな）

そう思っていたヴァイオレットだが、ふとナクサールの表情が妙に落ち着いていることに気づいた。マティアスがなんらかの狙いを持って提案したのはわかっているだろうに、ここまでまったく動じないというのはありえるのだろうか。

「そういえば、言っておこうと思ったことがあってね」

ナクサールが猫撫《ねこな》で声で語る。

「君のティストナート以上の精霊と契約を交わすつもりなんだ。国民たちも優秀な精霊術師にこそ、国王でいてほしいと思っているだろうからね」

城を後にしたマティアスはずっと苦い顔をしていた。

ヴァイオレットにはその理由がわかっている。先ほどのナクサールの意味深な発言だ。

（精霊術師としての才能がないというのは勘違いじゃないと思う。だってあの人にはたしかに魔力がなかったし、精霊の気配もなかった。でも、ティストナートよりも強い精霊と契約するつもりだって言葉も嘘には聞こえなかった……）

親子が難しい顔をしていると、城門を出たところでどこからともなくふらりとアンリメヒルが現れた。

「お話は楽しかったですか？」

当然のようにアンリメヒルがヴァイオレットを取り上げ、自分の腕に抱きかかえる。

考え事に気を取られていたマティアスは、隙を突かれたことに対して不満げな顔を見せた。

「その目は飾りらしいな」

「ご機嫌斜めですねえ」

くつくつ喉を鳴らして笑ったアンリメヒルが、ヴァイオレットを腕の中で軽く揺らした。

（ナクサールはティストナートよりも強い精霊と契約しようとしてるみたい。だけどどうやって契約するつもりなんだと思う？　あの人には魔力もなかったし、そもそも精霊の気配を感じなかったの。本当に契約する方法があるんだとしたら、どうやってマティアスさんの力になればいいんだろう……）

『ワタシと契約すれば叶いますよ』

アンリメヒルが契約を口にするのは久し振りだった。

（前から気になってたんだけど……どうして私と契約したがるの？）

出会って以来、何度アンリメヒルが契約を口にしたかわからない。どれも冗談かと思っていたヴァイオレットだが、どうも今回は雰囲気が違う。

『アナタが特別だからです。より素敵なご主人と契約を果たしたいと思うのは、精霊の性《さが》なのです』

(絶対嘘だよ。そんなの初めて聞いたもの)

『アナタは喜ぶべきですよ。ワタシが契約してもいいと考える人間は多くありませんからね』

誤魔化された、とヴァイオレットは思った。

(あなたと契約したら、マティアスさんを王様にしてあげられる?)

『この国どころか、この世界の王にもしてあげられますよ。ワタシ、その程度には力のある精霊なんです』

(……でも契約って怖いよ。今の関係が壊れちゃわない?)

『悩むならどうぞご自由に。ですが、あまり時間はないと思いますよ?　ワタシの気が変わる前に決めたほうがよい、とだけ言っておきます』

おとなしく引き下がっているようでいて、その実ヴァイオレットを急かしている。

ヴァイオレット自身気づいていたから、余計にきちんと考えたかった。

赤ちゃんだって頑張りたい

ヴァイオレットはマティアスと庭園を歩きながら、久し振りに心から落ち着くひとときを楽しんでいた。

周囲には色とりどりの花が咲き乱れ、軽やかな風が木々を揺らしている。

ふわふわの精霊たちがヴァイオレットの足もとに集まってきては遊び、甘えていた。

時間がゆっくり流れているかのような穏やかな空気に包まれて、ヴァイオレットの胸が幸せな気持ちで満たされていく。

「お前もここへ来た頃に比べて、大きくなったな」

(いろいろなことがあったからかなあ)

孤児院にいた頃よりもずっと波乱万丈な事件に巻き込まれているが、不思議と今のほうが幸せだと思える。

マティアスとの絆が深まったから、というのは大いに理由としてありそうだった。

(最初はもっと怖い人なんだと思った。利用するなんて言うし)

気がつけばマティアスがヴァイオレットを見る眼差しが変わっていた。

いつどの瞬間からそうだったのか、ヴァイオレットには思い出せない。しかし今、マティアスの瞳にはっきりとした愛情が宿っていることを感じる。

(マティアスさん。……マティアスさん)

以前からヴァイオレットはその呼び方に違和感を覚えていた。

もっとふさわしい呼び方はあるが、果たしてそれを呼んでいいのかどうかがわからない。

(……パパって呼ばれたくないって言ってた)

ヴァイオレットが胸に小さな痛みを感じているのも知らず、マティアスが小さな肩に手を置いた。

「もしも思う通りにいかなければ、私は王になれないばかりか、理由をつけてこの国を追われる可能性がある。もしそうなった時にお前をどうするか、私は答えを出せない。……お前のことを考えるなら、私の身になにかある前に、信頼できる者を探して今後を頼むべきなのだろう。だが……」

マティアスは言葉を切って目を伏せた。

「お前と過ごす時間を失いたくはない」

ヴァイオレットの胸が温かな思いでいっぱいになる。

初めてマティアスがヴァイオレットをはっきり必要としてくれた瞬間だった。

(私もマティアスさんと――パパと一緒にいたいよ)

目の前が涙でにじむのを感じ、ヴァイオレットはマティアスの肩に顔を寄せてすりつけた。

マティアスはそのままヴァイオレットをそっと抱きしめ、優しくその髪を撫でる。

「お前も同じように思ってくれているのか？　だとしたら心強いな」

未来が不確かなことはわかっている。だが、今この瞬間だけは、ふたりで過ごすこの穏やかな時間が、なによりも大切だと思った。

「これ以上、あの男に私のものを奪われるわけにはいかない」

精霊たちが心配した様子でヴァイオレットのそばに集まり、もふりとした身体を寄せる。

ここまで想ってくれるマティアスのためになにができるのか、なにかしたくてもままならない身体を今日ほどもどかしく思う日はなかった。

＊　＊　＊

ついに議会の当日を迎えた。

街の広場に設置された即席の会場は、まるで祭りのような雰囲気を帯びている。しかしその内実は重々しい政治の場だ。

国民の目の前で行われるこの議会は、国の未来を左右する重要な一歩であり、マティアスにとっては、これまでにない重責を背負う瞬間でもあった。

広場の中央には、簡素だがしっかりとした構造の演壇が設置され、各地から集まった国民たちがその周りに詰めかけている。

その中にはマティアスを支持する者もいれば、ナクサールの手先となる者もいるのだろう。

今日の議会で何が決まるか、誰がその発言権を持つかによって、この国の未来が大きく変わるのだ。

マティアスはその場に立ちながら、どこか遠くを見つめていた。

彼がなにを思っているのか、ヴァイオレットにはわからない。

だが、その姿からは、国民の信を問うその瞬間を前にした緊張と覚悟が感じられる。

（こういう時にメヒルがいてくれたらな）

ここしばらく、アンリメヒルはヴァイオレットの前に姿を見せていない。

どこへ行ったのか、なにをしているのかも教えてもらっていないため、マティアスも訝しげだった。

（この間、契約の話をしたからなのかなあ……）

あれがきっかけに違いないと確信はできないが、あの時のアンリメヒルには違和感があった。

実際、ヴァイオレットのもとを去ったのはあれ以降だ。

アンリメヒルはいつだってヴァイオレットのそばにいた。最初はそのうち戻ってくるだろうと思っていたのに、そうではないようだと知ってどんどん不安になる。

（契約するって言ったほうがよかったのかな……。でもそういうふうにするのは違うと思う……）

なにより、契約者と精霊は主従関係で縛られる。

アンリメヒルがどう思っているかは知らないが、ヴァイオレットはあの気まぐれで少しうさんくさい精霊の自由を奪いたくなかった。

（メヒルにも一緒にいてほしいし、マティアスさん――パパのお願いも叶ってほしい。いつの間にかわがままになっちゃったな）

手を伸ばし、マティアスの頬に触れる。それに気づいたマティアスが、ヴァイオレットの小さな手をそっと握った。

「あぅあ」

「なんだ、応援してくれているのか？」

「んあぅ！」

こくこくとヴァイオレットがうなずくと、マティアスが強気な笑みを口もとに作る。

「お前の応援があれば、負ける気はしないな」

（絶対大丈夫だよ！）

すべての決着がつく議会が開かれるまで、あと少し。応援する気持ちがマティアスの力になればいいと願い、大きな手を顔に押しつけた。

その瞬間、城の方から突然轟音が響き渡った。空気が震えるほどの音が広場を支配し、一拍遅れて振動がやってくる。

ヴァイオレットはその音に驚き、マティアスの腕にしがみついた。

（なに？　今の音――）

「なにが起きた？」

マティアスが険しい表情で言うが、ヴァイオレットはその問いに答えられない。ただただ、突如として立ち込めた禍々しい気配に身が震える。

空が曇り、どこからともなく黒い雲が押し寄せていた。城を中心にその暗雲が渦を巻くように広がり始める。

この世界がひとつに押しつぶされてしまいそうな、恐ろしい感覚が背筋を這い上がった。

ただごとではない様子に怯え、ヴァイオレットは小さな身体をますます小さく縮こまらせる。

広場に集まった国民たちも周囲を見回してざわつき始めた。目の前で繰り広げられる異変に恐怖の声が漏れ、あちらこちらで動揺が広がる。

（嫌な予感がする――）

「おい、あれ！」

広場に集まった人々の中から、そんな声が聞こえた。その場にいる者たちと同じ方向に視線を向けると、城の地面が大きく裂け禍々《まがまが》しい暗闇の穴が目に入る。

「な、なんだ……？」

「きゃああ！」

地下から這い上がってきたのは、形を成さない真っ黒な精霊だ。ティストナートも影の精霊として無形の身体を持っているが、それとはまったく異なっている。

その無形の精霊はひたすらに禍々しかった。見ているだけで不安を掻き立てる暗闇は、頭の奥の触れられたくない部分をざりざりと引っ掻くようで精神を削る。

得体の知れない精霊を中心とした空間がぐにゃりと歪み、無数の真っ黒な触手が地面からずるりと姿を見せた。

無形の精霊の周囲に立ち込めるのは、腐敗した土のような、なにかが死んでいく匂いだ。黒い触手がゆっくりと広がり、あたりを這い回って瓦礫《がれき》の山を築き上げていく。

「あれに近づくな！　すぐに避難を！」

誰よりも早く声を上げたのはマティアスだった。そのひと声ではっと意識を取り戻した人々が、一斉に避難を始める。

ヴァイオレットはマティアスの手を強く握りしめながら、必死にその様子を見守った。

「ティストナート！」

マティアスが名を呼ぶと、足もとから影が広がる。

瞬く間に、その影の中からティストナートが現れた。たゆたう影の姿ではなく、煙のように揺らぐドラゴンの姿だ。

「ヴァイオレットを頼む」

マティアスの命令に、ティストナートは一瞬動きを止めた。

「あなたはどうするつもりですか？」

「私はあれを止めねばならん」

既に命令はし終えたということなのか、マティアスはヴァイオレットを預けると、すぐさま剣を抜いて無形の精霊がめちゃくちゃに動かす触手へと向かっていった。

その場に残されたティストナートの戸惑いとためらいを感じ、ヴァイオレットは首を左右に振る。

（私は大丈夫。だからパパのもとへ行って）

きっとマティアスは精霊がいなくとも戦えるだけの力を持っているのだろう。しかしティストナートがいるのといないのとでは、大きく違うはずだ。

ティストナートの瞳に迷いが浮かぶ。

ヴァイオレットを守るべきか、マティアスを支援すべきか。葛藤したようだったが、最終的にはこの場を離れると決意したようだった。

ティストナートは、いつの間にかヴァイオレットの周囲に集まって震えていたか弱い精霊たちを見下ろし、羊に似た精霊の背にヴァイオレットをそっと乗せた。

「もいもい」

預けられた精霊はなにも心配ないと言うようにひと声鳴く。

生きたぬいぐるみというにふさわしい、愛嬌のあるふわふわとした精霊にしがみつき、ヴァイオレットは不安から唇を噛み締めた。

（あれは精霊だと思う。だけどあんなに恐ろしい精霊なんて見たことない……）

力のある精霊であれば、ティストナートやアンリメヒルのように対話も可能だ。しかしあれはそういった常識では計れない存在のように感じられる。

強大な力と引き換えに、理性を失ったかのような。

暗い影を触手のように伸ばし、辺りに破壊をもたらしている精霊を見ていると、そんなふうに思った。

◇　◇　◇

マティアスは凶悪な敵に向かって一直線に走りながら、絶え間ない怒号と悲鳴が響き渡る広場を目の前にして、その場を離れようとする国民たちへ必死に呼びかけていた。

「振り返るな、逃げろ！」

普段冷静なマティアスだが、平静を保てないほどの焦りが胸の内に広がっていく。

国民たちを守らなければならない。

あの異形をどうにかしなければならない。

その使命感と同じくらい、これまでに感じたことのない弱い心が顔を覗かせる。

ヴァイオレットが無事でいるかどうか、心配でたまらない。

本当はそばを離れたくないし、今すぐに来た道を引き返したいが、王族として生きてきた自尊心がそれを許さなかった。

その時、背後から羽ばたく音が響いた。

ティストナートが現れたのを見て、マティアスの背筋が凍りつく。

「ヴァイオレットを頼むと言ったはずだ！」

「そのヴァイオレット様が主のもとへ向かうようにと。私もそれが最善だと判断しました」

マティアスの怒りの表情が一瞬、揺らぐ。

ティストナートを責めるのは難しい。

この忠実な精霊は、主の命を守るべく命令に背いたのだ。

「……早くあの子のもとに戻らねばな」

マティアスはそう言ってティストナートの背に飛び乗った。

無形の精霊はさらに暴れ狂い、周囲の建物や道路を蹂躙《じゅうりん》しながら、城下町に向かって進んでいた。無作為に泥のような黒い魔法を放ち、街の中のありとあらゆるものを破壊する。

見える範囲にいる兵士や騎士たちに指示を出しながら、マティアスだけが得体の知れない敵に向かっていた。

「触手の数が多い。背後は任せました」

「お前に任せると言われる日が来るとはな」

敵の激しい攻撃をくぐり抜け、マティアスはティストナートが放つ影の刃を邪魔しないよう、剣を振るった。逃げ遅れた民衆を逃がすため、触手の気を引いて縦横無尽に空を駆ける。

敵を倒すための方法を必死に考えているのに、これといった手段を思いつかない。

どう攻略していいかわからない相手という以前に、上位の精霊であるはずのティストナートをもってしても制圧できないという予感があった。同じ無形の、影や闇を扱う精霊というのも相性が悪い。

触手が振り下ろされる瞬間、マティアスはその攻撃をかわしながら前に飛び込んだ。はずみでティストナートの背を下りてしまうが、今はそのほうがティストナートも制限なく動けるだろう。

振り下ろされた触手をすれすれで避け、地面に足を踏みしめて跳躍する。空中で身体をひねり、触手の根本に向けて剣を突き立てた。痛みを感じるのか、触手が苦しげにうねる。

ここまでしても、まだ触手一本すら制圧できない。焦りがじわりと背中ににじむ。

「くっ……！」

それでも今は攻撃を続けるしかなかった。

着実に触手の動きは鈍くなっているが、それ以上にマティアスの体力の消耗が激しい。

『今、そちらへ向かいます』

空を仰ぐとティストナートが急降下してきた。

巨大な翼が風を巻き起こし、影の刃をまとって触手に降り注ぐ。マティアスは触手が硬直した隙を逃さず、剣を再び横に払った。

しかしそこに勢いよく割り込んだナクサールが、両手を広げて大声で叫んだ。

「やめろ！」

思わず動きを止めたマティアスの前で、ナクサールは狂気に満ちた表情を浮かべる。

そしてマティアスではなく、異形の精霊に向かってうれしそうに話しかけた。

「予定は狂ったが、無事に生まれてきたんだな。さあ、私と契約してくれ……！」

目の前の精霊とナクサールが交わすような契約など、あり得ない。

精霊と契約できるのは、魔力を持つ人間だけ。つまり魔力のないナクサールは、そもそも精霊から見向きもされないはずだ。

「なにを言っているんだ……？」

思わず声を上げたマティアスは、ナクサールの行動が理解できずに呆然《ぼうぜん》とした。

しかし、ナクサールはそのまま立ち上がり、マティアスに背を向けて精霊に向かって語り続ける。

「これまでずっと兄と比べられてきた。才能がないと嘲笑され続けてきた。俺が王になるなんて誰も思っていなかった！　ははは、もう俺を見下す者はいないんだ！」

胸の内に渦巻く憎悪の感情をすべて吐き出すような、哀れな叫びだった。

普段の温厚そうな彼の姿は偽りでしかなかったのだと、誰もが思うに違いない。

「もう誰にも否定させるものか！」

叔父がどれほどの思いを抱えて生きてきたのか、マティアスは理解したくなかった。

精霊使いになって当然の王族に生まれたのに、魔力を持たずに生きてきた不遇の王子がナクサールだ。ティストナートとの契約を果たせるほどの魔力を有したマティアスとは、対照的な立ち位置にある。

マティアスが再び剣を握り直し、戦闘に集中しようとしたのも束の間、触手がナクサールに攻撃を仕掛けようとした。

「叔父上――！」

一瞬で反応したマティアスが、叔父を守るために身体を盾にして遮った。

触手の攻撃は幸い、ふたりを逸れていった。

しかしマティアスは信じられないものを見る目でナクサールと――自身の胸に深く突きたてられた短剣を見る。

「き、さま」

マティアスの声が不自然にかすれる。

それを聞いたナクサールはより深く短剣をマティアスの胸に埋めようと、皺の寄った手に力を込めた。

「お前もずっと邪魔だったんだよ」

どこか空虚に言うと、ナクサールはマティアスの顔を覗きこんだ。

マティアスの目を——先代の王と同じ瞳を見て、うれしくてたまらないといったように口角を吊り上げる。

「どんなに偉大な精霊術師だろうと、心臓を刺せば死ぬ。兄もそうだった」

この男は父を殺したのだと、マティアスは瞬時に理解した。病気による突然死と聞かされていたが、それは間違いだったのだと。

激しい怒りによって頭に血が上るも、それに反して全身が氷のように冷えていく。

マティアスは震える手でナクサールを突き飛ばし、自身の胸に刺さった短剣に手を添えて後ろに下がった。

倒れる前に、マティアスの足もとから伸びた影がその身体を支える。

「主！」

影を操って主を支えたティストナートが叫び、すぐに駆け寄った。

咳き込んだマティアスの口から鮮血が散る。

何度呼びかけられても、ティストナートの声が耳に入っている様子はない。

父を裏切ったばかりか、国民を、そして自分をも裏切った敵を睨《にら》みつけ、今にも失いそうな意識を怒りだけで保っている。

「おとなしくしていれば命までは奪わないつもりだったんだよ。だけどお前はあまりにも俺を邪魔しすぎた。だから今日、すべて終わらせようと思ってね」

ナクサールの視線が、広場のほうへ向く。

「この精霊も議会で召喚する予定だった。お前や、集まった人間の命を媒介にして。予定は狂ったが、まあいい」

ナクサールはもはやひとりでは立つこともままならないマティアスに背を向け、荒れ狂う精霊のもとへ歩み寄った。

恍惚《こうこつ》とした表情で膨れ上がった闇の塊を見つめ、うれしそうに叫ぶ。

「さあ、今こそ俺と契約しよう！　二度と俺が誰からも見下されないために――」

影の触手がうねり、ナクサールのもとへ向かう。

マティアスが地面に膝をつくのとほぼ同時に、禍々しい精霊の本体が地面から浮かび上がった。どろりとした泥のような姿で、ひたすらに深い闇が蠢《うごめ》いている。

その中心部には顔と思わしきものがあった。判断がつかないのは、開閉を繰り返す大きな穴が口に見えるだけで、それ以外に顔を構成する部位が存在しないからだ。

触手がナクサールを捉える。まるで労わるように優しい手つきだった。

ナクサールが歓喜と勝利に満ちた声を上げたその時、闇の塊はその口の中にナクサールを放り込んだ。

ぷつりと声が途切れ、それきり聞こえなくなる。〝騒々しい餌〟を呑み込んだ闇の塊は、より多くの命を奪おうと再び広場に向かって進み始めた。

「ティストナート」

さらに出血することを恐れ、短剣を引き抜けずに激痛と対峙するマティアスが言う。

「すぐにこの場から離れます。御身をお守りせねば」

「やめろ」

自身を運ぼうとするティストナートを止め、マティアスは声を震わせながらもはっきりと告げる。

「この場を離れるな。民を守れ」

「私には有象無象の人間よりも、主のほうがよほど」

「お前は私の精霊だろう。だったら私の命令を聞け」

ティストナートが口をつぐむ。それをいいことに、マティアスは少し語調を緩めた。

「私が死んだら、契約通り心臓を喰らえ。そして私から得た力でこの国を守れ」

「それは命令ではありません。……呪いです」

「だがお前は従う。違うか？」

ティストナートは答えなかった。代わりに、大きな咆哮《ほうこう》を上げる。

◇◇◇

ヴァイオレットはふわふわの精霊たちの間で心を落ち着かせようとしていた。

震える手を何度も擦りながら、怯えたように震える精霊たちに話しかける。

（みんな、お願い。街の人をできるだけ遠くへ避難させてあげて）

彼らだって怖いのは同じだ。だが、今はどうしてもその力が必要だった。

動物の姿をした精霊たちは、しばらくじっとヴァイオレットを見つめた後、意を決したように勢いよく動き出した。

マティアスのために花弁を集めてほしいとお願いした時。

城で傷ついた人を癒やしてほしいと頼んだ時。

その時と同じように、精霊たちはヴァイオレットの言葉を聞き入れた。

（ひとりでも多くの人が無事に避難できますように……）

その時、遠くから咆哮が響いた。

（ティストナートの声……？）

胸が締め付けられるような不安を感じるも、どうすることもできない。ヴァイオレットにできるのは、マティアスが無事でいてくれることをただひたすらに祈るだけだった。

「ビビ」

羊に似た精霊の背に乗ったヴァイオレットが振り返る。

いつの間にそこにいたのか、飄々とした表情のアンリメヒルが立っていた。

アンリメヒルがヴァイオレットに歩み寄り、涙でいっぱいになった目尻を指で拭う。

(契約したら、パパを助けてくれる?)

アンリメヒルは一瞬目を細め、ヴァイオレットの顔を見つめた。

「します?」

(それでパパを助けられるなら——)

涙が止まらない。自分の不安や恐れをなんとかアンリメヒルに伝えたくて、必死だった。

マティアスとアンリメヒルの、大人のくせに子どもっぽい言い合い。

なにげない会話と、ふとした瞬間にこぼれ出る笑い声。

初めて立って歩いた時のふたりの慌てた姿。

一緒に庭園を散歩したり、部屋で温かなひと時を過ごしたり、どれもかけがえのない時間だった。

(ふたりとも私の大事な家族だから。みんなで一緒にいたいよ)

ヴァイオレットは、涙をぬぐいながら心の中で願いを繰り返した。

アンリメヒルは口もとの笑みを消して、泣きじゃくるヴァイオレットの背を撫でる。

「ワタシはあまり、他者の感情というものに理解がないほうでして。共感や同調に意味を感じないんですよね。だってそれはワタシのものではないじゃないですか」

ヴァイオレットが不安げに顔を上げる。

「でもまあ、アナタは特別ということでいいでしょう」

アンリメヒルは皮肉げに笑みを作ると、すんすんと鼻を鳴らすヴァイオレットの目尻に優しくキスをした。

「家族、いい言葉ですねえ。……理解はできませんが」

なにやら機嫌よさげなアンリメヒルが空中になにかの文字を描きだす。赤黒く不吉な色をした文字がにじむように広がり、赤く色づいた透明の球を作り出した。

アンリメヒルは表面がゆらゆらと揺れる球の中にヴァイオレットを入れる。

地面に落ちてしまうかと思いきや、そんなことにはならなかった。ヴァイオレットの身体は、石鹸で作った泡に似た奇妙な膜の中でぷかりと浮かんでいる。

ほのかに香る鉄臭さが気になるが、今は不満を言っている場合ではない。

「今回は特別ですよ、ビビ」

その姿が霧のように溶けていくのを見て、思わずヴァイオレットは心の中で叫んでいた。

(私もパパのところへ連れて行って！)

輪郭が曖昧になったアンリメヒルが、それを聞いて目を細めながら笑う。

「もうひと声足りませんよ。『お願い、パパ』はどうしました？」

◇◇◇

手足の先にはもう感覚がない。

ティストナートが影の糸で傷を縫合したとはいえ、血を流しすぎている。

癒やしの力に特化した精霊ならば、もう少しなにかしらの回復は見込めたのだろう。

だが、ティストナートは違う。

影で糸を作り、縫合するという手段を思いついただけでも充分だった。

(あの精霊の気を引かねば)

ナクサールはマティアスや、集まった人々の命を使って精霊を呼び出そうと画策していた。

そのための準備が広場に整っているのだろう。だからこの精霊はゆっくりながらも確実に広場を目指して進んでいる。

あのティストナートでさえ、無形の精霊の前では顔の周りを飛び回るハエに過ぎないようだった。いくら攻撃をしても、明確な形がないゆえに衝撃を吸収されてしまう。

普段、敵に対してそう感じさせるのはティストナートのほうだった。

こんなにも相性の悪い相手がいるのかと、マティアスは苦々しい思いに唇を噛む。

たとえほんのわずかでも無形の精霊の歩みが遅くなれば、被害を抑えられるかもしれない。

そのためには自分が動かねばならないのだと、マティアスは意識を繋ぎ止めて戦っていた。

騎士たちやほかの精霊術師たちには一般人の避難を優先させている。最前線を務めるのはマティアスとティストナートだけだ。

しかしそこに、ずるりと無形の精霊の触手が鎌首をもたげる。傷つき鈍った身体では避けられそうにない。ティストナートも今からこちらへ向かったところで間に合わないだろう。

(……ヴァイオレット)

無意識に愛娘の名前を心に思い浮かべる。再びあの子と一緒に、か弱くも愛らしい精霊たちに囲まれた穏やかな時間を過ごしたかった。

諦めたくはないが、現実は現実だ。マティアスが目を閉じたその時——。

「——さすがは頼れる格好いいパパですねえ」

嫌みっぽい皮肉が聞こえたかと思うと、マティアスを襲おうとしていた触手が虚空に生まれ出た赤く鋭い結晶に貫かれてその動きを止めた。

「……遅かったな。パパを自称する割に、娘の世話も忘れて遊び歩いていたようだが?」

嫌みを返すと、宙に浮かんだアンリメヒルが笑った。

「主役は遅れて登場すると相場が決まっています。人間にしては頑張ったほうですが、もう結構。そこにいられると邪魔です」

「――っ⁉」

マティアスの身体が赤い膜の球に包まれ、弾かれるようにその場から追いやられる。あまりの勢いに衝撃を覚悟したマティアスだったが、なにかもふりとしたものに包み込まれた。

「あぅ、ああ、あぁっ！」

再び聞くことを諦めていた声が背後から聞こえ、マティアスは弾かれたように振り返った。

そこに愛娘の姿を認め、らしくなく目の前がにじむ。

見れば、ヴァイオレットを守るようにして、いつも庭園に集まっていた精霊たちの姿もある。

「ヴァイオレット、なぜここに」

マティアスが言い切る前に、背後で楽しそうな笑い声がした。

アンリメヒルが狂ったように笑いながら、無形の精霊と戦っている。

鉄臭い赤い結晶が空を覆い、雨のように降り注いで無形の精霊を地面に縫い留めていた。その中をティストナートが飛び回っている。

間違いなくアンリメヒルは無形の精霊を押していた。

攻撃しようとする触手を深紅の槍《やり》で貫き、本体と思わしき箇所に向けて三日月状の細い刃を無数に飛ばす。暗雲の下でその赤い魔力は禍々しく煌めいていた。

あれがティストナートを超える精霊の力なのかと、マティアスは息を呑んだ。

一万の軍勢すら退けられると謳われてきたが、アンリメヒルであればたったひとりで国を落とすのも難しくはないだろう。

あの鋭い結晶の雨を国中に降らせるだけで、いったいどれほどの命を奪えることか。しかもアンリメヒルは戦いを楽しんでいる。

とんでもないものを身内に置いていたと思い知るマティアスの手に、温かなものが触れた。

目に涙を堪えたヴァイオレットが小さな手でマティアスの指先を握っている。

それだけでなく、彼女が従えたふわふわの精霊たちがマティアスに癒やしの力を送り込んでいた。いつの間にか痛みが消え、身体に熱が戻っていることにも気づかないほど、アンリメヒルの力は恐ろしいものだった。

戦闘から意識を逸らしたマティアスが娘と向き合う。

「なぜお前がここにいる。よりによってこんな危険な場所に」

再びそう尋ねると、ヴァイオレットは目に涙を浮かべながらマティアスの指を握る手にぎゅっと力を込めた。

「ぅ……あ、ふぁ、あぁ……」

心配だった、助けたかった――。

たとえ言葉にしなくてもヴァイオレットの想いはマティアスに伝わった。

マティアスは一瞬口をつぐむと、ヴァイオレットを抱き上げて腕の中に包み込む。

「……私が悪かったな。お前をひとりにすべきではなかった」

ずっと涙を我慢していたヴァイオレットだったが、そのひと言でとうとう泣いてしまった。

「ああ、ぅああ、わあああん……！」

どれほど不安だったか。ヴァイオレットの悲しい泣き声を聞いて、マティアスの胸に様々な思いが込み上げる。

その中でもひと際大きい感情は、泣きじゃくる娘を再びこの腕に抱けてよかったというものだった。

「お前がいてくれて本当によかった」

考えるよりも早く、そんな言葉がマティアスの唇からこぼれ出る。自分もそうだと伝えるように、ヴァイオレットもその広い胸に顔を埋めた。

親子が無事を喜んでいたのも束の間、ヴァイオレットがぱっと顔を上げる。

異変を察知したマティアスが振り返ると、あれほど圧倒していたアンリメヒルが地面に膝をついていた。見ると、ティストナートも力なく倒れ伏している。

「人間の分際で、このオレに膝をつかせやがって……！」

普段の慇懃無礼な敬語も忘れ、アンリメヒルが聞くに堪えない悪態をついている。尋常ではない事態が起きていると判断し、マティアスはすぐに、ティストナートに念話を送った。

（ティストナート、なにが起きている？）

『城の地下になにかあるようです。それが我々の力を奪っています』

思えば、あの無形の精霊は城のほうから現れた。もとは広場にて呼び出されるはずだったそれがなぜ城に現れたのか、その理由をマティアスはまだ知らないでいる。

回復した身体に感謝しながら娘を抱き直し、城の地下へ向かおうとしたマティアスだったが、その前にずるりと無形の精霊が動き出す。

『生粋の精霊である我々には作用しますが、あれは精霊と呼ぶのもためらわれる異質な存在です。おそらく通用しないのでしょう』

的確に状況を伝えるティストナートだが、そうなるとなお悪い。

無形の精霊を止めるには、アンリメヒルとティストナートの力が必要だ。

彼らを封じるなにかから救うには城の地下に行く必要があるようだが、無形の精霊が動ける以上、彼らの代わりに止める人物が必要になる。

思わず、マティアスは舌打ちしていた。

ティストナート以外の精霊との契約を果たしていれば、二手に分かれることも可能だったかもしれない。しかし今、使える手札がない。

どうすべきかと考えていたところで、ヴァイオレットがマティアスの服をつかんで引っ張った。

先ほどまで泣きじゃくっていたというのに、今は決意に満ちた眼差しをしている。

なにを言いたいか正確には理解できないまでも、マティアスは娘の想いを悟る。

「ふあぅ！」

「お前も協力してくれるのか」

以前から、アンリメヒルはヴァイオレットの通訳をしていた。

契約を交わしていない以上、念話を使っているわけではないだろうと思っていたが、この様子を見る限り違うのかもしれない。

マティアスがティストナートから話を聞いたように、ヴァイオレットもアンリメヒルと情報共有したのだとしたら、人手が足りていないのも理解しただろう。

そう、理解しているはずだ。当然のようにそう思った自分を、マティアスは苦笑する。

「お前がまだ一歳だということを忘れそうになる。……だが、信じてもいいのだろうな」

その言葉を聞いたヴァイオレットが深くうなずいた。

「本当はこんなことを言いたくないが、手段を選んでいる時間がないのも事実だ。頼めるか？」

ヴァイオレットは再びうなずいた。

「わかった」

マティアスがそばにいた羊のような精霊の背にヴァイオレットを乗せる。

「私は時間稼ぎをする。お前は精霊たちとともに地下へ。アンリメヒルとティストナートを解放してやってくれ」

「ん！」

ヴァイオレットはこの場にそぐわないほどかわいらしい声で返事をし、すぐに羊の精霊の背に顔を埋めた。意図が伝わったらしい精霊たちが、ふわふわもこもこと城の地下に向かって一斉に駆けていく。

「……なんとも気の抜ける光景だな」

つい口もとを緩めたマティアスだったが、すぐに剣を握り、無形の精霊と向き合った。

◇◇◇

精霊たちはまるで道を知っているかのように地下深くまで進んだ。

やがてヴァイオレットは、強い魔力による圧迫感を覚えて顔をしかめる。

歩みが遅くなった精霊たちを必死に励ましながら向かった先には、禍々しい光を放つ魔法陣があった。

（みんなごめんね。怖いよね……）

無形の精霊を前にした時よりも、今のほうがよほど怖がって震えている。そんな精霊たちに対し罪悪感を覚えながらも、ヴァイオレットは止まれなかった。

（……そういえば、どうしてみんなは無事なの？）

アンリメヒルとティストナートは身動きが取れなくなっている。しかしか弱い精霊たちは怯えていても、動きを制限された様子がない。

（力の強さが関係してる？）

ヴァイオレットの視線がぼんやりと光る魔法陣に向いた。これがアンリメヒルたちを縛っているものと考えて間違いはないだろう。

そう考えてさらに気づいた。

（メヒルがお城に入らなかった理由はこれに気づいていたから……？）

アンリメヒルならありえる、と思ってしまう。

本人は語らないだろうが、もしかしたらこの魔法陣をどうにかするために単独行動をしていたのかもしれない。

ここ最近、ヴァイオレットのそばを離れていた理由にも納得がいく。

まだまだ気になることは山ほどあったが、今はまず魔法陣を壊さなければならない。

（いっぱいお願いしてごめんね！　きっとこれが最後だから……！　この魔法陣を壊して！）

ふわふわの精霊たちがヴァイオレットを守るようにその周りを囲み、ぼんやりと光り出す。

一体一体は小さな力しか持っていなくても、集まれば上位の精霊たちに匹敵するほどの力に変わるのだと、この瞬間に理解した。

ヴァイオレットの必死の思いに呼応するように膨れ上がった力が、勢いよく魔法陣に向かって放たれる。

すさまじい光の渦が大気を震わせ、思わずヴァイオレットは目を閉じていた。

暗く重い、気味の悪い力が、精霊たちの温かな癒やしの力に浄化されて不協和音を奏でる。

（これが終わったら、またみんなで楽しく遊ぶの……！）

強く願った時、ぱきんと魔法陣が音を立てた。端から徐々にひび割れたかと思うと、ぱらぱらと砕けていく。

やがて目の前に広がっていた魔法陣は完全に光を失い、消え去った。

（やったあ……！）

精霊たちも満足そうに、ふわふわと身体を揺らして喜んでいる。

（みんな、ありがとう…！　後はきっとパパたちがなんとかしてくれるよね！）

感謝の気持ちを込めて精霊を撫でるヴァイオレットの顔は、きらきらと輝いていた。

＊　＊　＊

それから一刻も経たないうちに、事態は収束した。

ヴァイオレットが魔法陣を破壊したおかげで解放されたアンリメヒルは、行動を制限されたのがよほど腹に据えかねたのか、ティストナートが戦いに入り込めないほどの攻撃をもって無形の精霊を圧倒した。

人々の被害が少なく済んだのは間違いなくマティアスの尽力のおかげだ。

彼の指示が早く、たったひとりだろうと敵に立ち向かったおかげで避難が間に合った。

ヴァイオレットはというと、むしろ問題が解決した後のほうが大忙しだった。

なぜなら傷ついた人たちが大勢いたからだ。

（最後って言ってたのにごめんね。もうちょっとだけ助けてくれる……？）

魔法陣の破壊に一躍買ってくれた精霊たちは、さすがに消耗した様子を見せていた。それもあって申し訳なく思いながらお願いをする。

「……みゅう！」

どの精霊が鳴き声をあげたのか、ヴァイオレットには判断がつかなかった。

しかしその声をきっかけに、疲れきった精霊たちの瞳に強い光が灯る。

そして、ヴァイオレットのお願いに応えるべく被害を受けた現場の各地に散って行った。

残されたヴァイオレットはもどかしい思いに唇を噛みながら、ぎゅっと小さな手を握りしめて皆の活躍と無事を祈る。

（私もみんなの力になれたらいいのに。お願いすることしかできないなんて……）

ウサギに似た精霊たちは忙しなく耳を動かしながら、倒れた家屋の瓦礫を跳ね飛ばし、その隙間にいる人々を引っ張り出した。

光の羽根を持ったリス似の精霊たちは、家屋の上に登って煙や瓦礫を取り除いていく。

ウサギの精霊たちによって誘導された人々は、おかげで安全に道を進むことができた。

巨大な犬のような精霊の姿を見た時、人々はさすがにぎょっとした様子を見せた。

体高が人間の背丈ほどもあることと、似たような狂暴な精霊がいるためである。

しかし青みがかった銀の毛並みをした精霊たちは、優雅に災害現場を駆け回った。

自力では動けない人間をその背に乗せ、軽々と安全な場所へと運んでいく。

助けられたということはわかっても、なにが起きているかわからない人間たちは、次は数えきれないほどの毛玉の塊に囲まれることとなった。

ふわふわの白い毛に覆われたその精霊は、ヴァイオレットが好んでよく一緒にいた羊の精霊たちだった。

頭の上にくるりと巻かれた月光色の角が、見る者の心を和ませる。

癒やしに特化した精霊である羊たちは、傷ついた人々に寄り添い、もふりと包み込んで傷を癒やしていった。

怪我をした人間たちは突如押し寄せたやわらかな毛の塊に驚愕《きょうがく》するも、すぐにその極上の癒やしに心ごと身を委ねることとなった。

こんなにも多くの精霊たちが人間に力を貸すという前代未聞の幻想的な光景を見た民は、いったいどんな精霊術師がこの事態を引き起こしているのだろうと辺りを見回して探した。

やがて彼らは精霊たちがひとりの少女——とも呼べない赤子に従っているのだと気づく。

「まるで奇跡だ……」

「あの赤ちゃんはいったい……?」

ひそひそと囁かれる中、改めて騎士たちに指示を出して戻ってきたマティアスがヴァイオレットを抱える。

「殿下、そちらの子どもは……」

精霊によって助け出された老婆が恐る恐るマティアスに尋ねた。

マティアスはちらりとヴァイオレットを見て、そしてその場に集まった精霊たちがなにをしているかを確認してから、ふっと笑みを浮かべて言う。

「私の子だ。名をヴァイオレットという」

今日からは〝パパの娘〟

数日後の夜、アンリメヒルの手から甘い粥を食べさせてもらいながら、ヴァイオレットはふたりの話を聞いていた。

「お前はどこまで知っていたんだ、アンリメヒル」

「あの城に非常に不快な魔力が漂っていたことですかね」

そう言ってアンリメヒルはぬるく温めた粥をひと匙すくい、ヴァイオレットの口に近づける。

「あれこれと調べたところ、あそこには精霊を創り出す施設があったようで。ここ数年でできたものではありません。おそらくはずっと昔からあったものでしょう。それをあの人間が利用したとみています」

「その結果、生み出されたのがあの禍々しい精霊か」

「ええ。なかなかいい趣味だとは思いますよ。ワタシもぜひ作成するところを見学したかった。まさか精霊の命を使って創るとは」

マティアスの影がざわりと動く。その中に潜んだティストナートが、アンリメヒルの発言を受けて不快感を示したようだ。

（だからナクサールからは魔力だけじゃなく、精霊の気配も感じなかったんだ。みんなあの人

を怖がって、近づこうとしなかったから）

ナクサールと初めて会った時の違和感を思い出し、ヴァイオレットも納得する。

「お前がヴァイオレットのそばを離れていたのは、それを調べるためか」

「そういうことにしておきましょう」

果たして本当にそれだけが理由だったのか、それともほかになにかあったのか、ヴァイオレットが予想していた通り、アンリメヒルは語らない。

「戦闘の最中にお前たちを封じた力があったな」

（すごく嫌な気配のする魔法陣だったよ）

ヴァイオレットは粥を上手に呑み込み、アンリメヒルに話しかけた。

「ビビ曰く、非常に嫌な気配のする魔法陣だったそうで。……あれで創り出した精霊を抑え込み、強制的に契約を結んでいたのでしょう。まったくもって人間とは愚かなものです。それに比べると、精霊術師を名乗るアナタ方はまだ話が通じますね。契約後にきちんと対価を支払うのですから」

ヴァイオレットは不思議そうにマティアスを見た。

転生前も今も、契約せずとも精霊たちが力を貸してくれるヴァイオレットには、対価とやらがどういうものなのかわからない。

（対価ってなに？）

「契約者の身体です。血の一滴に至るまで、契約した精霊が好きなように扱ってかまわないと――ま、ほとんどの場合はおいしくいただかせてもらうんですが」

再びマティアスの足もとで影がざわめいた。

アンリメヒルはそちらを見やると、心から楽しそうに喉を鳴らしてマティアスに匙を向ける。

「アナタはまさにご馳走《ちそう》です。影の方はアナタとの契約が終了した後、今以上の力を得ることになるでしょうね。実に羨ましい」

「だったらお前も私と契約すればいい。極上なんだろう？」

挑発的に言ったマティアスが不敵に笑う。

話を聞いていたヴァイオレットは、精霊術師が精霊を使役するための対価の大きさに衝撃を受けていた。ティストナートほどの精霊であれば、そう簡単に主従関係を結ばせないだろうと思っていたが、まさかそんな見返りがあるとは思いもしなかった。

「お断りです。ワタシ、味にはうるさいので」

「その辺の精霊を食い散らかしておきながらよく言う」

（えっ）

なんの話だとぎょっとしたヴァイオレットだったが、ふたりは説明してくれない。

「空腹でいるよりも、多少口に入れておいたほうがより美食が引き立つというものです。魔力の性質上、より多くの血液を摂取しておかねばなりませんし」

「……お前はなんの精霊なんだ？」

アンリメヒルが再びヴァイオレットの口に粥を運ぶのを見ながら、マティアスが眉をひそめて尋ねる。

「ワタシを詮索してどうすると言うのです？　アナタのものにはならないのに」

「だが、お前はヴァイオレットに執着している。私はその子の父親として、お前が危険なものかどうか判断せねばならない」

「ワタシほど安全な精霊もいませんよ。ね、ビビ」

ヴァイオレットはあむあむと口を動かしてからアンリメヒルを見上げた。

（私と契約したがっていたのは、食べるため？）

「ほら、ビビもワタシを信用してくれています」

ヴァイオレットの疑問を黙殺し、アンリメヒルは平然と嘘をついた。

こういうところが信用ならないのだと思うヴァイオレットだが、彼女の考えは残念ながらマティアスに伝わらない。

「そんな話より、これからどうなるのです？　ワタシはアナタがこの子の保護者としてちょうどいいと認めたから、ここにいるのですよ。王位の件はどうなりました？」

あからさまに話を逸らすところはいっそ清々しい。かといってこれ以上アンリメヒルが自身について語ることもないだろうと判断し、マティアスはその話に乗った。

「ナクサールは先王の暗殺に関わっている。ほかに関係した者がいるのかどうか、これから調査を進める予定だ。罪が明らかになったところで、ナクサールは既に無形の精霊に喰われた後だが」

「いいですねえ、実にきな臭い。人間とはこうでなければ」

「幸い、私の目的も果たされる。即位は復興の後になるがな。ヴァイオレットについては改めて式典の場で公表を行う」

（私も復興のお手伝いをするね）

「ビビも後始末の手伝いをするそうです。いい子ですねえ」

よしよしと頭を撫でられたヴァイオレットだったが、そんなアンリメヒルをじっと見つめてさらに続けた。

（メヒルも手伝うんだよ）

「冗談はやめてくださいよ。ワタシ、無償労働はしたくないんです」

（でもお城と街の一部が壊れたのはメヒルのせいもあるでしょ？）

「必要な犠牲だった。そういうことです」

理性的な姿を捨てたアンリメヒルは、徹底的に無形の精霊を潰しにかかった。容赦も遠慮もないその攻撃は、ヴァイオレットの言う通り城や街の破壊に一役買っている。

（メヒルも手伝うの）

「契約してくれたら言うことを聞いてもいいですよ」

「なにを話しているか知らないが、どさくさに紛れてヴァイオレットと契約しようとするな。私がいる限り、お前だけは絶対に契約させません」

「うるさいパパですねえ」

用意された粥をすべて食べたヴァイオレットを抱き上げると、アンリメヒルはその背中をとんとんと叩いた。きれいに口もとを拭い、マティアスに向かって鼻を鳴らす。

(どうしてすぐケンカするの？　仲良くすればいいのに)

一歳児がやれやれとあきれていることにも気づかず、大人ふたりはいつものようにくだらない言い争いをしていた。


復興はたったひと月で完了した。

もちろん見た目だけのものではあるが、それでも首都の城は美しい姿を取り戻し、破壊された街の一部も元に戻った。これもヴァイオレットが精霊たちにお願いをしたおかげである。

前王が暗殺されたという事実と、ナクサールが危険な魔法に手を出して無形の精霊を呼び出したという話も明るみになった。

無形の精霊がどう生まれたかについて明かすか、マティアスは最後まで悩んだ。しかし結局、同じ真似をする者が出ないよう教訓として周知することにしたのだった。

そして今日、ヴァイオレットは正式にマティアスの養女であると公表され、今後は姫として生きることになるのだが。

即位の記念式典が華やかに行われる中、城の広間は貴族や貴族に仕える者たちで賑わっていた。煌びやかな装飾が施された会場には無数の花が飾られ、ヴァイオレット好みの花畑のような空間が広がっている。

王となったマティアスは堂々とした態度でその中央に立ち、集まった者たちを見渡した。

周囲には腐敗した議会に選出されていた貴族たちとは縁遠い貴族や高官たちが並び、多くの国民が新しい王の誕生を待ちわびている。

その中で、なによりも注目されているのは、式典の目的のひとつである新たな姫の発表だ。あの事件以来、周囲の関心を集めていたヴァイオレットをひと目見ようと、誰もが楽しみにしている。

国民が大きな変化を求めていたことをしみじみと実感しながら、マティアスは口を開いた。

「今日、私たちの王国は新たな時代の幕開けを迎える。これまで多くの痛みや苦しみがあっただろう。だがそれももう終わりだ。私が終わらせる」

一旦言葉を止め、マティアスは視線を少しだけ下に向けた。その腕の中にはきれいに着飾ったヴァイオレットの姿がある。

「娘のヴァイオレットも力を貸してくれるだろう。この子は数奇な運命を経て私の――家族となった」

その言葉が広間に響くと、驚きと歓声が一瞬で湧き上がる。

貴族たちがざわめき、国民たちが驚きと喜びを顔に浮かべながら互いに顔を合わせていた。

ヴァイオレットは照れくさそうにはにかみ、マティアスの腕に抱かれてきゃっきゃとはしゃぐ。

（まだ夢を見てるみたい！）

そう心の中でつぶやくヴァイオレットだったが、アンリメヒルの返事はない。

人間の集まりに参加してもおもしろくないと、例によってふらりとどこかへ行ってしまったからだ。

「皆も知る通り、ヴァイオレットは人と精霊が手を取り合う新しい世界の在り方を見せてくれた。……家族というものがどれほど温かいものなのかも、私に教えてくれた」

王国一の精霊術師であるマティアスが、今日この日まで近寄りがたいと思われていたのは間違いない。そうでなければ、家族の尊さを語る彼がこれほど意外そうな眼差しを向けられるわけがなかった。

「正式に私の娘としたことで、いずれ結婚の話も出るだろう」

え、とヴァイオレットはマティアスを見上げた。

たしかに姫という立場なら、婚約者選びもあるだろうし、結婚自体も早い。だがまだ彼女は一歳である。

「我こそはと望む者がいるならば、遠慮なく申し出るがいい」

街の危機を救うほどの力を持ったルフス・エルスカであるだけでなく、この国の姫でもあるヴァイオレットとの縁談は誰にとっても価値がある。

身分がゆえに他人事の一般市民と違い、可能性がないわけでもない貴族たちは揃って落ち着かない表情になった。

そんな貴族たちに向け、マティアスは挑戦的に、そして獰猛《どうもう》に笑いかける。

「私が直々に相手をしよう」

なにをどう相手するのかマティアスは語らなかったが、その言葉の意味は明白だった。娘は嫁にやらないと、彼はたったひと言で貴族たちに理解させたのだ。

(大人げないと思う……！)

足をばたつかせたヴァイオレットだったが、マティアスはまったく気にしていない。

実際に結婚するのがいつになるかはともかく、自分の将来が心配になったのは内緒だった。

大好きなパパ

ヴァイオレットが姫として新たな生活を始めてからも、これといって毎日に変化はなかった。

今日もまたヴァイオレットはマティアスと一緒に庭園でお散歩を楽しむ。ふわふわの精霊たちが周りを跳ね回る中を、ヴァイオレットが危なっかしい足取りで歩いていた。

「正式にお前を娘として発表できて本当によかった」

「ん！」

ヴァイオレットがその言葉にこくりとうなずく。

「私はずっと、家族というものを理解せずに生きてきた。だが、喜びを共有できる相手がいるというのは存外うれしいものだな」

そう言ったマティアスの視線が自身の影に向いた。

「私にとってティストナートは得難い特別な存在だ。だが、お前に感じる〝特別〟はそれとはまた違う。……これを父性と言うんだろうな」

影が楽しそうに揺れる。主の変化を好ましいものとして受け止めているのは間違いなかった。

「これから改めて、お前と家族になっていきたい。まだ父として至らぬところは多いだろうが、いつか……パパと呼ばれてみたいからな」

　ふ、と笑ったマティアスの顔は今まで見たことがないほど穏やかだった。

　初めて出会った頃からは考えられないほど優しい笑みに、ヴァイオレットは改めて親子として過ごした日々の深さを実感した。

（私も早く大きくなりたい。たくさんパパって呼んで——）

「育てのパパはワタシですけどね」

　どこからともなく現れたアンリメヒルが口を挟む。

　あんなに優しかったマティアスの笑みが消え、代わりにいつもの冷静な表情に戻った。

「その件については改めて話し合いが必要だな」

「今さらなんの話し合いが必要です？」

　アンリメヒルはなにやら挑発的にマティアスを見て、目を細めて笑う。

「ワタシは誕生日も忘れない優秀なパパですよ？」

（えっ？）

　その言葉を聞いたマティアスの表情が一瞬で固まった。ヴァイオレットもだ。

「誕生日？　ヴァイオレットの？」

「まさか、パパなのに知らないんですか？」

「そのにやけた顔をやめろ」

　マティアスは眉ひそめて止めると、改めてヴァイオレットに向き直った。

「すまない。お前の誕生日を気にしたことがなかった」

「パパ失格ですねえ！」

「もうお前に用はない。さっさと消えてくれ」

ここぞとばかりにマティアスを煽《あお》るアンリメヒルに呆れ、ヴァイオレットは内心苦笑する。

（気にしてないよってパパに言って！　私も知らなかったもん。……なんでメヒルは知ってるの？　私が生まれた時のことなんて知らないのに——）

「ビビは大変悲しんでいます」

（メヒル！）

白々しい嘘にむっとしたヴァイオレットは、すぐそばで揺れるアンリメヒルの長い髪を思いきり引っ張った。

「んん、やめてください。ワタシがかわいそうでしょ」

（嘘つかないって約束したらもう引っ張らないであげる）

「契約してくれたら考えてもいいですよ」

「お前、またか」

すかさずマティアスが指摘する。ヴァイオレットとアンリメヒルを引きはがし、娘を落ち着かせるように抱きあげて背中を撫でた。

「ワタシのかわいいビビ。二歳のお誕生日おめでとうございます」

何事もなかったようにアンリメヒルがヴァイオレットに一本の花を差し出した。

葉はなく、まっすぐな茎の先に薄紫色の花弁が幾重にも重なっている。よく見るとそれは植物の花弁ではなく結晶だった。燐光《りんこう》を放っており、思わず目を奪われるような美しさがある。

「お前が花を贈るとはな」

マティアスもまた、その花の珍しい美しさに驚いている。少なくとも人間の世界では一度も見たことのない花だった。

「素敵でしょ？」

得意げに言ったアンリメヒルだったが、不意にマティアスの足もとで声が響く。

「主、それは〝ミスリナイト〟という花です。地底深くに眠るダイヤモンドを養分として育ちますが、非常に壊れやすく脆いため、それほどの花弁を有した状態で見つかることはほぼありません。魔法の媒介としても優れたもので、鉱石を主食とする精霊にとっては、一生に一度口にできるかというほどのご馳走だとも聞きます。人間の世界であればいくらの値がつくか」

生真面目なティストナートが非常に丁寧に、わかりやすく説明する。

なるほどと納得したマティアスだったが、説明への感謝を伝える前にアンリメヒルが喜々として言った。

「つまり、これ以上の贈り物をアナタが用意するのは無理だという話です！」

おそらくアンリメヒルは、しばらくこの調子でマティアスをからかい続けるだろう。

それをマティアスも察したのか、額に手を当てて息を吐いている。

「どんな手を使おうと、ヴァイオレットが最も喜ぶ贈り物を用意してみせる」

「頑張ってください！　きっと無理でしょうけど！」

「主、私の力が必要になった時はいつでも呼んでください」

（そんなことで争わなくていいのに！）

高価なものでなくても、想いを込めてくれたものならなにを贈られたってうれしい。マティアスが以前ヴァイオレットのためにくれたぬいぐるみだって、大事な宝物だ。

そう考えてから、あの時ヴァイオレットがとても喜んだから、アンリメヒルは希少な贈り物を用意して『自分のほうがパパとして優れている』と示したのかもしれないと思ってしまった。

（もう）

マティアスもアンリメヒルも、どちらも理性的な性格だと思っている。

そんな彼らがなぜ、ヴァイオレットを前にする大人げないケンカをしてしまうのか、まったく理解できない。

「お前は忘れているんだろうが、私はこの国の王だ。金ならある」

「……主、その言い方はあまり好もしくありません」

「ヒトはお金さえあればなんでもできると思っていますよねえ。ああ、いやらしい」

「ヴァイオレットが生活するための費用を、銅貨一枚でも用意してから言うんだな」

終わりが見えない言い合いのせいで、すっかりヴァイオレットは脇に追いやられていた。

ケンカするところを見るのも、放っておかれるのも気に入らなくて、ふたりの気を引こうと無意識に口を開く。

「ぱ、ぱ」

ヴァイオレットがぎこちなく口にした言葉は、たまたま全員が口を閉ざしていた時に落ちた。

だから思っていたよりもはっきりとその場に響いてしまう。

「今、なんと言った」

「ワタシをパパと呼んでくれる日が来るとは、感動ですね」

しれっと言ったアンリメヒルをマティアスが睨む。

「なにを言っている？　パパと呼ばれたのは私だ」

「贈り物をしたお礼にワタシをパパと呼んだんです。間違いありません。アナタはパパと呼ばれるようなことをしていないでしょ？」

アンリメヒルは軽口を叩きながら、楽しげにマティアスに挑戦的な視線を送る。

ヴァイオレットはそのやり取りを見ながら、少し恥ずかしくなって顔を赤らめた。

（どっちか、じゃないよ。ふたりを呼んだんだよ）

それをこのふたりにわかってもらうためにも、早く大人になる必要がありそうだった。

あとがき

こんにちは、晴日青です。

このたびは『転生したら、赤ちゃんでした⁉　～二度目の人生は二人のパパともふもふ精霊に甘やかされ放題らしいです～』をご購入いただきありがとうございます。


これまで幼い主人公を書いたことは何度かあったのですが、まさか赤ちゃんを書く日がくるとは思っていませんでした。

話すこともできず、歩くこともままならない主人公をどう動かすか考えた時、『パパをふたりにすればいいか』と思い至ってこうなりました。

どっちのパパも強くてかっこいいのですが、どちらにも無視できない欠陥があります。それを埋めてくれるのが主人公のヴァイオレットでした。

今後も仲良くはならないでしょうが、かわいい娘のためなら共闘してくれる面倒な大人たちです。平和ですね。

個人的にはティストナートが気に入っています。この人（？）はこの人で自尊心の塊で頭が固いという厄介キャラなのですが。

今回、ふわもふがいっぱいでなんだか執筆中は気持ちがぽかぽかだった気がします。

過去作品だともふもふポジションは犬さんか鳥さんが多かったのですが、今回は羊さんでした。表紙に抱っこされているちび羊精霊さんのかわいさといったら！

厄介そうな大人ふたりに囲まれているとは思えない微笑ましさには、ついついにっこりしてしまいますね。


本作の表紙イラストは夕子先生です。

既に語ってしまいましたが、羊さんとヴァイオレットの組み合わせが本当にかわいくて……。

作中でも羊さんはよくぎゅっとされていたのですが、ぬいぐるみに欲しいなとしみじみ思いました。

ほっぺぷにぷにつんつんもうらやましいですね……。


いつもあとがきになに書こう……と思って、気がついたらぎりぎりになっています。

それではまた、どこかでお会いできますように。

晴日青《はるひあお》

転生したら、赤ちゃんでした!?
～二度目の人生は二人のパパともふもふ精霊に甘やかされ放題らしいです～

2025年2月5日　初版第1刷発行

著　者　晴日青

© Ao Haruhi 2025

発行人　菊地修一

発行所　スターツ出版株式会社

〒104-0031　東京都中央区京橋1-3-1　八重洲口大栄ビル7F
TEL　03-6202-0386　(出版マーケティンググループ)
TEL　050-5538-5679 (書店様向けご注文専用ダイヤル)
URL　https://starts-pub.jp/

印刷所　大日本印刷株式会社

ISBN　978-4-8137-9417-2　C0093　Printed in Japan

この物語はフィクションです。
実在の人物、団体等とは一切関係がありません。
※乱丁・落丁などの不良品はお取替えいたします。
上記出版マーケティンググループまでお問い合わせください。
※本書を無断で複写することは、著作権法により禁じられています。
※定価はカバーに記載されています。

[晴日青先生へのファンレター宛先]
〒104-0031　東京都中央区京橋1-3-1　八重洲口大栄ビル7F
スターツ出版(株)　書籍編集部気付　晴日青先生